ムシウタ
MU SHI- UTA
bug
1st.夢回す銀槍
岩井恭平

虫憑きに会って、
どうしても確かめたいことがあるの。
01.夢回す銀槍

MUSHI-UTA bug

02.夢紡ぐ夜歌

裏切られた。そう思ったことは、ある――？

自分の夢のために、
他の虫憑きの夢を奪っていくしかない。
そんなオレが——
03.夢沈む休日

04.夢託す狩人

ムシウタbug《バグ》

1st. 夢回す銀槍

岩井恭平

角川文庫 13442

ムシウタ
MU SHI- UTA
bug
1st.夢回す銀槍

薬屋大助
Daisuke Kusuriya

ホルス聖城学園に現れた少年。"虫憑き"について調査しているらしいがその正体は不明。

花城摩理
Mari Hanasiro

1年前に病死した亜梨子の親友。死後、亜梨子にモルフォ蝶が付きまとうようになった。

一之黒亜梨子
Arisu Ichinokuro

ホルス聖城学園中等部2年生。旧家の伝統に従い武術全般をたたき込まれた、戦うお嬢様。

Characters of MUSHIUTA bug

MUSHIUTA bug
1st.
contents

口絵・本文イラスト／るろお
口絵・本文デザイン／須貝美華＋design CREST

01. 夢回す銀槍

MUSHIUTA bug 1st.

今でも、よく憶《おぼ》えている。

一年ほど前の出来事だ。

親友の花城摩理《はなしろまり》がまだ、生きていた頃《ころ》の記憶《きおく》。

「……うん、わかってるよ」

病室の前で、亜梨子《ありす》はその声を聞いていた。摩理が誰《だれ》かと話しているのは分かった。しかし相手の声は聞こえず、摩理が一人で喋《しゃべ》っているように聞こえる。

「亜梨子は優《やさ》しいから、私のお願いも……」

亜梨子は、病室の扉《とびら》を開けた。

視界いっぱいに飛び込んだ眩《まぶ》しい朝日に、思わず顔を腕《うで》で覆《おお》う。

「亜梨子」

その光景を、亜梨子はきっと一生わすれないだろう。

ベッドの上で朝日を背にした少女は、背中から銀色の翅《はね》を生やしていた。とても小さな翅、それは季節はずれのモルフォチョウだった。

室内には、摩理の他《ほか》に人影《ひとかげ》は見あたらない。亜梨子は不思議に思ったが、そんなことよりも摩理に向かって微笑《ほほえ》み返すほうが大切だった。一秒でも、ほんの一瞬《いっしゅん》でも、摩理といる時間を無駄《むだ》にしたくなかった。

「ねえ聞いて、亜梨子。私ね……」

目を細めて語り出す摩理の肩《かた》から、銀色のモルフォチョウが飛び立った。

1

朝日が降り注ぐ道路を歩きながら、一之黒《いちのくろ》亜梨子は大きなあくびをした。

大きな水たまりの前で、亜梨子は立ち止まる。昨夜の雨の名残《なごり》が、鏡のように亜梨子の姿を映し出していた。

黒い瞳《ひとみ》は眠気《ねむけ》に負けて半分だけ開いている。肩まである髪《かみ》は、一之黒家のお抱《かか》えの理《り》髪師《はつし》によって三日に一度、綺麗《きれい》に長さを整えている。体つきは同級生の中でも小柄《こがら》なほうだ。

人々がさけて通る水たまりを、亜梨子は大股《おおまた》に飛び越《こ》えた。

同じ方向へ向かう人混《ひとご》みには、亜梨子と同じ制服を着た少年少女も多い。しかし亜梨子とは違《ちが》って、眠そうな顔をしている者はいない。皆《みな》、姿勢を正し、上品な笑顔で語り合っている。

亜梨子が通っているのは、ホルス聖城《せいじょう》学園中等部。偏差値《へんさち》もそこそこだが、授業料が飛び抜《ぬ》けて高い。いわゆる上流階級の生徒が多い、名門校である。亜梨子は十四歳、二年生だ。

道路の先に見慣れた姿を見つけ、亜梨子は小走りに駆《か》け寄る。

「おぃっす、恵那《えな》、多賀子《たかこ》」

並んで歩いていた二人の少女の間に、飛び込む。二人の肩に腕をかけると、少女たちは大きくよろめいた。

「おはよー。つーかアンタ、朝からテンション高すぎ」

「お、おはようございます、亜梨子さん」

一人はしかめっ面《つら》を、もう一人は困ったような笑みを浮《う》かべる。

西園寺《さいおんじ》恵那と九条《くじょう》多賀子。二人とも、亜梨子のクラスメートである。二人とも名家の出で、多賀子はいかにも大事に育てられたのが分かる。恵那のほうは三女ということもあり、亜梨子以上に俗《ぞく》っぽい性格をしているが。

亜梨子は二人から腕を離《はな》し、「うぅー」と呻《うめ》き声を漏《も》らす。

「テンション高くなんかないよー。今日も朝っぱらから妖怪《ようかい》ばばあに叩《たた》き起こされてさあ」

「あー、例の稽古《けいこ》ってやつ？　しょうがないんじゃない、あんたん家《ち》はあたしらとは比べものにならない大金持ちだし。一人娘《ひとりむすめ》だし。誘拐《ゆうかい》とかされちゃうかもじゃん」

「だったら、学校への送り迎《むか》えくらいしろっつの。ヘンなところで厳しいんだから、ったく」

「ボディガードの方でもいれば、いいですのにね」

多賀子の言葉に、亜梨子はピクリと表情を動かした。

「ボディガード……それ、いいかも」

「はあ？　マジ？」

「お金ならあるんだから、それくらいやってもバチはあたらないわよね。そうすれば、あたしが稽古する必要なんてなくなるし」

「えー、でもむっさいオジさんがいつもいっしょってのもねぇ」

「ザッツ・ノット・ライト！　もちろん美少年に決まってるでしょ！　学校でもいつもそばにいて、命令には絶対服従！『ああ、わたくし喉《のど》が渇《かわ》いてしまったわ』『お飲み物でございます、お嬢様《じょうさま》』『ふふ、良《い》い子ね』――ああ、どうして今まで思いつかなかったんだろう！」

「アンタは一体なにサマだ。……でも、ちょっといいかもと思っちゃった」

「まあ、そんな……」

多賀子が顔を赤らめるのを見て、亜梨子はニヤリと笑う。恵那を見ると、彼女もまた亜梨子

と同じような顔をしていた。

「聞きました？　亜梨子さん」

「ええ、しっかりと、恵那さん。『まあ、そんな……』ですって。多賀子お嬢様にはちょっと、刺激《しげき》が強かったみたい」

「そんなわけ、ありませんわ。だって多賀子さんには、ちゃあんとお相手がいますもの。なんていいましたっけ、ほら、カワイイ顔をした美術部の幼なじみ……」

「そ、そんな、いじめないでください……」

オロオロと二人の顔を見比べる多賀子に対し、亜梨子と恵那は笑い出す。

だが唐突《とうとつ》に、恵那の笑い声が消えた。

「どしたん、恵那？」

「ああ、ゴメン。いじめっていうので、イヤなこと思い出しちゃった」

「イヤなこと……ですか？」

疑問顔の亜梨子と多賀子に対し、恵那は顔をしかめる。

「友達から昨夜《ゆうべ》、電話がかかってきてさ……昨日の放課後、うちの学校に出たんだって」

「出た？　なにが？」

「〝虫《ムシ》〟」

ドクン――。

亜梨子の心臓が、殴《なぐ》られたように跳《は》ねる。

――ねえ聞いて、亜梨子。私ね……。

記憶《きおく》の奥に焼きついた、過去の光景が閃光《せんこう》のように蘇《よみがえ》る。今にも消え入りそうな、だが嬉《うれ》しそうなかつての親友の笑顔《えがお》が脳裏《のうり》をよぎる。

「私の友達もその友達から聞いたらしいから、ホントかどうか分かんないけどさ」

恵那が続ける。

「校内で、何人かの男子が、誰《だれ》かをいじめてたんだって。そこへ突然、〝虫〟が現れて……何人かが大怪我《おおけが》を負ったって……現場を見たっていう子は怖《こわ》くて誰にも言えなくて、私の友達だけに喋《しゃべ》ったんだって言ってた」

〝虫〟――。

その存在が噂《うわさ》されだしたのは、およそ十年ほど前からだと聞いている。

外見が昆虫《こんちゅう》に似たその異形の存在は、人に寄生し、人間の夢を喰《く》って成長するという。各地で目撃《もくげき》されているそうだが、政府はその存在を認めていない。しかし目撃証言はあとを絶たず、〝虫〟に寄生された人間は〝虫憑《つ》き〟と呼ばれ人々に怖《おそ》れられるまでになっていた。〝虫〟に夢を喰い尽《つ》くされた虫憑きは死に至るという話まで飛び交《か》っている。

もはや噂話の域を超《こ》えてしまった〝虫〟問題といっしょによく耳にするのは、特別環境保《とくべつかんきょうほ》全事務局《ぜんじむきょく》という政府機関だ。同機関は、生活環境における苦情全般《ぜんぱん》を受け付けているにすぎないと説明しているが……。

「オフレコでお願いね。……っと。多賀子はともかく、亜梨子までそんな顔をするんだ」

「え……」

亜梨子は、我に返る。多賀子といっしょに目を見開いていたのを、怯《おび》えているものと勘違《かんちが》いされたらしい。

「よちよち、ごめんなちゃいねー。亜梨子ちゃんも、女の子だもんねー。……あだだだっ」

「おほほほ、そうですのよ。何を隠《かく》そうわたくし、かよわい女性ですの」

両拳《りょうこぶし》で恵那のこめかみを抉《えぐ》りながら、亜梨子は多賀子の様子がおかしいことに気づく。

「あ、あの、私……」

「怪《あや》しい人、見かけました……その、校内で……」

「多賀子？」

「ホントに？」

亜梨子と恵那が驚《おどろ》きの声を上げる。多賀子が神妙《しんみょう》な面持《おもも》ちでうなずく。

「怪しいって、どんなヤツ？」

「ええと、その……怖そうな大男、だったような……中年の……」

「ねえ、それってヤバくない？　もしかしたらそいつ……虫憑きだったりして」

ただならぬ多賀子の様子に、恵那も真剣《しんけん》な顔をする。

虫憑き――。

亜梨子は、ひそかに拳を握《にぎ》りしめる。

「怪しいヤツ……虫憑き……」

同学年の男子生徒が重傷で入院したことを担任教師の口から聞いたのは、朝のＳＨＲ《ショートホームルーム》でのことだった。

2

静まりかえった校舎に、チャイムの音が鳴り響《ひび》いた。

時刻は午後の三時を過ぎたところだ。これから六時限目の授業がはじまる。

カチャリ、と人気のない廊下《ろうか》の女子トイレの扉《とびら》が開いた。

「……」

扉から顔を出し、亜梨子は周囲を見回す。

ホルス聖城学園中等部の校舎は、いくつかの棟《とう》に分かれている。クラシックな洋風の外観と時計塔《とう》のある中央棟と、特別教室のある東棟。そして職員室から体育館までつながる、モダニズム・デザインの西棟。さらに離棟《りとう》から武道場、プール施設《しせつ》などあらゆる設備が整っている。

亜梨子がいるのは、東棟である。五時限目から二階と三階の教室を使う授業がないことは、すでに確認済《かくにんず》みだ。仮病《けびょう》を使って休み時間からトイレに潜《ひそ》んでいたのだ。

亜梨子は誰もいないことを確認し、廊下に出る。

ふう、と息をつく亜梨子の前に、どこからともなく一匹《ぴき》の蝶々《ちょうちょう》が舞《ま》い降りた。

銀色の光沢《こうたく》を放つ翅《はね》が鮮《あざ》やかな、モルフォチョウである。――だがよく見ると、ただの蝶々ではないことが分かる。触角《しょっかく》が四本もある蝶を、亜梨子は他《ほか》に知らない。

モルフォチョウが、階段へと舞っていく。

「分かってるよ、摩理。必ず虫憑きを見つけてみせるから……」

呟《つぶや》き、心中で気合いを入れる。

階段は、途中《とちゅう》でロープによって遮《さえぎ》られていた。立ち入り禁止の文字の横に、赤牧《あかまき》市内の所轄《しょかつ》警察の名が併記《へいき》されている。さらに学園の理事長名で、出入り禁止の立て札もあった。

「よっ、と」

立て札を無視し、ロープを飛び越える。モルフォチョウはすでに三階へと姿を消している。

午前中まで、正門に数台のパトカーが停《と》まっているのを見た。しかし昼休みに、なぜか一台残らず学園を去っていくところも確認済みである。少し早すぎる気もするが、昨夜から続けられていた現場検証が終わったのだろう。

三階は静寂《せいじゃく》に包まれていた。周囲を見る。

「……！」

その光景を見て、亜梨子は息をのんだ。

やたらと長い廊下の奥に、徹底的《てっていてき》な破壊《はかい》の痕《あと》があった。窓ガラスが割れているのはもちろんのこと、床《ゆか》や天井《てんじょう》、さらに美術室の入り口がただの瓦礫《がれき》と化している。爆発《ばくはつ》でもあったのかとも思ったが、違う。まるで巨大《きょだい》な爪痕《つめあと》のようなものが、コンクリートをえぐっているのだ。

亜梨子の喉《のど》が鳴る。どんな事件があったのかは分からないが、恵那が口にした〝虫〟という言葉が脳裏《のうり》によみがえる。

「映研部のセットじゃないわよね……連中、やたらと大道具に凝《こ》るし」

廊下にかけられた美術部員の絵も、ひどい有り様だった。床に転がった夕日の絵が目を惹《ひ》いたが、やはり大きな爪痕が刻まれている。姉妹校寄贈《しまいこうきぞう》と書かれた額縁《がくぶち》は割れ、『R・Tachibana』というサインがかろうじて見て取れる。

瓦礫を避《よ》け、美術室に近づこうとした時だった。

「……ああ、すぐに見つかると思うよ。ここの美術部員だってことは、分かってるんだ」

声は、破壊された美術室の中から聞こえてきた。ピタリ、と亜梨子は足と呼吸を止める。

「逃《に》がさないさ。必ず見つけて——」

まだ若い、少年の声だ。誰《だれ》かと会話しているようだが、相手の声は聞こえない。

亜梨子は、怪しい人物を見たという多賀子の証言を思い出す。足音を殺して廊下を引き返し、掃除《そうじ》用具入れのロッカーをしずかに開く。

亜梨子が手にしたのは、柄《え》の長いモップだった。先端部分《せんたん》を足で押さえ、棒をくるくると回す。音もなく棒と先端が分解される。

こんな授業中に、一体……？

緊張《きんちょう》しながらも、棒を手に美術室へ戻《もど》る。

声の主はまだ何かを話していたようだが、急にピタリと声が止まる。

「――誰か、いるのか？」

見つかった――そう悟《さと》った直後には、体が動いていた。床を蹴《け》り、扉の向こうへ躍《おど》り出る。

室内で驚愕《きょうがく》に目を見開いたのは、一人の少年だった。ホルス星城学園の制服を着ている。手には携帯《けいたい》電話をつかんでいた。

「せやっ！」

横一文字に襲《おそ》いかかった棒を、少年が驚《おどろ》いた表情のまま体を沈《しず》ませて避ける。

だが、慌《あわ》てて後方へ跳《と》び退《の》こうとした少年に対し、亜梨子は巧《たく》みに棒を操《あやつ》り少年の足元に棒を突《つ》き出す。

「うわっ！」

棒先で膝裏《ひざうら》を叩《たた》かれ、少年が床に転がる。

――一之黒家は、江戸《えど》時代から続く由緒《ゆいしょ》ある名家である。敵の多かった時代の旧習が今でも残り、亜梨子は毎朝の稽古《けいこ》を強《し》いられている。物心ついた頃《ころ》にはもう、厳しい指南役によって

薙刀《なぎなた》から合気術までたたき込まれていた。

「動くなっ！」

鋭《するど》く言い放ち、仰向《あおむ》けに倒《たお》れた少年に棒先をつきつける。

呆然《ぼうぜん》と、少年が亜梨子を見上げる。

亜梨子と同年代くらいの少年だ。背丈《せたけ》も、同世代の男子生徒とそう変わらないだろう。外見的には怪《あや》しい要素は見つからない。だが多賀子の証言もある。状況《じょうきょう》が状況なだけに、見知らぬ相手に気を許すことはできない。少年が手にした携帯電話からは、不通を知らせる電子音がかすかに聞こえていた。

「あなた、名前は？」

「な……」

状況が理解できていないのか、少年が間の抜《ぬ》けた顔で立ち上がろうとする。

「動くなって言ってるでしょう」

「いてっ」

棒の先端で、少年の額を小突く。

「いい？　アンタは私の質問にだけ答えなさい。それ以外の行動は一切《いっさい》、許しません」

毅然《きぜん》とした態度で、言い放つ。そんな彼女の物言いが気に入らなかったのか、少年がむっとした顔で黙《だま》り込む。

スニーカー文庫フェア
スニーカーDE夏休み!
全国書店で開催中!
特製グッズプレゼント実施中!
スニーカー文庫
Street Theater 2004.8

イラスト／いとうのいぢ『涼宮ハルヒの消失』より

スニーカー文庫フェア

スニーカーDE夏休み！

全国書店で開催中！

(…)衣

(…)ルス。しかし死にかかった龍
(…)!?　クルスに瓜二つで蘇生し
(…)放題。聖者の面目まるつぶれ。

(…)るV
(…)あまりに永く

(…)女・アナピヤを救ったことか
(…)幸せな気分で始まったはずの
(…)襲われ､事態は悪化していく。
(…)彼女を救うことができるのか!

(…)3　人は真央に屹《た》つ

(…)二

(…)封印された神々がトウクリクラ
(…)——!!　ウィルの前に立ちはだか
(…)たちとともに、最後の決戦に挑

**涼宮ハルヒ・サマーグッズが当たる！
詳しくはこちら！**

ムシウタ bug《バグ》　1st. 夢回す銀槍

岩井恭平　イラスト●るろお

親友の死後、亜梨子の前に現れた銀色のモルフォ蝶は、なぜ異形の長槍と化してまで亜梨子を守ろうとするのか？　亜梨子は極秘機関"特環"から送り込まれてきた少年・薬屋大助とともに、その答えを探し始める——！

斬魔大聖デモンベイン　機神胎動

古橋秀之　原作／鋼屋ジン(ニトロプラス)　イラスト●Niθ̂

大十字九郎とアル・アジフの出会いより数十年前——謎めいた大富豪・覇道鋼造を追う新聞記者エイダは、魔導書【アル・アジフ】とともに鬼械神アイオーンを駆る魔術師と遭遇。それは地球規模の魔戦の始まりだった！

(…)募集中！

(…)各小説賞とも大賞は——
(…)賞100万円＋応募原稿出
(…)税!!
(…)への応募の詳細は、弊社雑誌「ザ・
(…)(毎偶数月30日発売)に掲載され
(…)要項をご覧ください。
(…)問い合わせはご遠慮ください)

角川書店ホームページ　http://www.kadokawa.co.jp/
文庫・書籍・コミックの詳しい新刊情報はもちろん、雑誌最新号情報から、映画・アニメ・ゲームにオリジナルグッズの販売まで！　いますぐアクセス！

プレゼントや通販グッズ、イベントなどのコミックス関連情報サイトがオープン！　お宝情報をゲットしよう!!　http://www.co-mix.net

スニーカー文庫ストリートシアター（2004年8月1日発行）
発行：株式会社 角川書店／編集：スニーカー文庫編集部
Art Direction：小林博明(K Plus artworks)
〒102-8177 東京都千代田区富士見2-13-3　Tel.03(3238)8521

角川書店

「名前は？」

亜梨子がもういちど質問する。少年がふてくされた態度で目をそむける。そういう仕草は、まるで反抗期《はんこうき》の子供のようだ。

「人に名前を訊《き》くなら、まずそっちから……あだっ」

「不審者《ふしんしゃ》と対等の人間にまで落ちた覚えはないわよ。ほら、さっさと言え」

「やだね」

「……」

「いてっ、あだっ、やっ、やめろよ！」

「……まあ、いいわ。べつにアンタの名前になんて興味ないし」

少年の顔面に棒の先をぐりぐりと押しつけながら、亜梨子は質問を変える。

「次の質問。あなたは、何者？　授業中だっていうのに、こんなところで何をしてたの？」

「……別に、なにも。授業をサボって、ぶらぶらしてただけだよ。それなのに——」

「この学校の生徒なの？」

「そうだよ、ほら。生徒手帳だって持ってる」

少年がポケットから手帳を取り出し、開いてみせる。手帳の中に赤いカードが入っていた。

セキュリティの厳しいこの学園は、敷地《しきち》への出入りを認識《にんしき》カードで常に監視《かんし》している。学園の敷地に入るには、カードを指定の機械にかざさなければならないのだ。生徒や教職員の出入りは常に記録され、管理されている。

　だが亜梨子は手帳を見るなり、少年を睨《にら》みつける。

「ニセモノじゃない、それ」

「へっ？　そんなわけないだろ」

「本物のカードは黄色だもの。それ、赤いじゃない」

「え？」

　言われて、手帳を見る。彼のその行動で、亜梨子は確信した。カードの色は赤で正解だ。

「……やっぱり、ここの生徒じゃないのね」

　騙《だま》されたことに気づき、彼は頭を抱《かか》える。

「こんな子供だましのテに……」と自己嫌悪《けんお》に陥《おちい》っているようだ。

「一体、なにをしていたの？　答えなさい」

「お前には関係ないだろ」

　あくまで彼は亜梨子に反抗するつもりのようだ。棒を脳天に叩《たた》き込んでやろうか、とも思ったが、亜梨子は深呼吸をして自制する。

「それじゃあ、最後の質問よ」

　亜梨子は短く息を吸い込み、たずねる。

「あなた、虫憑《つ》きなの？」

「……！」

明らかに少年の顔色が変わった。

彼のただならぬ反応に、亜梨子は目を見開いた。心臓が大きく脈打つ。

「ほ、本当に……？　本当に虫憑きなの？」

次の瞬間《しゅんかん》、少年が動いた。

亜梨子が油断したスキをつき、棒を払《はら》いのける。「あっ」と彼女が声を上げた時には、彼は勢いをつけて後転し、床《ゆか》の上に立っていた。

亜梨子と少年が、同じ目線で向かい合う。亜梨子は高鳴る鼓動《こどう》を隠《かく》し、棒を構え直す。

「昨日の事件も、アンタがやったのね」

亜梨子は確信する。たった今の少年の動きは、明らかにただ者ではなかった。

「……」

少年の顔つきが、微妙《びみょう》に変化していた。反抗期の子供のような先ほどまでとは異なり、冷淡《れいたん》な表情で亜梨子を観察している。

「昨日の事件に居合わせたコが、〝虫〟を見たって言ってるのよ」

相手の雰囲気《ふんいき》にのまれないよう、亜梨子は声高《こわだか》に言い放つ。

「それに私の友達が、校内で怪しい人間を見てるのよ。怖《こわ》そうな大男……で……中年……には見えないわね……あれ？」

「ふん」

少年が、嘲笑《ちょうしょう》を浮《う》かべた。

「オレは虫憑きで、ここの生徒に大怪我《おおけが》を負わせたのもオレだよ」

「……!」

「──もしオレがそう言ったら、お前はどうするってんだ?」

亜梨子は息をのむ。

「そんな棒きれ一本で、悪者を成敗しようとでも考えてたのか?」

冷たい眼差《まなざ》しで睨まれ、亜梨子は唇《くちびる》を噛《か》む。

「そ、そんなんじゃないわよ」

「じゃあ、なんだよ?」

「知りたいことが……あったから」

亜梨子はわずかに目を伏《ふ》せ、言う。

「虫憑きに会って、どうしても確かめたいことがあるの。だから私は、虫憑きを捜《さが》してた。一年前から、ずっと……」

少年が黙《だま》り込んだ。だがすぐに口を開くと、冷たい声音で突《つ》き放す。

「虫憑きなんてものが本当にいるって、信じてるのかよ」

「いるわ」

「もし本当にいたとして、それならなおさら〝虫〟に喰《く》い殺されるのがオチだ。それじゃなければ、コワイ連中に連行されるか、だな」

「コワイ連中？」

「特別環境保全事務局……」

少年が呟《つぶや》く。亜梨子は首を傾《かし》げた。

特別環境保全事務局。虫憑きや〝虫〟に関して苦情を受けつけている機関としか、知識はない。だが以前、噂《うわさ》好きの恵那が言っていた。

特別環境保全事務局……特環《とっかん》っていうところは、実は虫憑きを隠してるんだって。虫憑きを使って、虫憑きをさがしてるとか――。

「どっちにしろ」

彼の言葉で、亜梨子は我に返る。

「中途半端《ちゅうとはんぱ》な気持ちで関《かか》わるつもりなら、やめたほうがいい」

「中途半端なんかじゃないわ。命にかえても、絶対に虫憑きを見つけるつもりよ」

「お前みたいなお嬢様《じょうさま》は、知らないんだろ？」

少年がせせら笑う。

「こんなバカみたいな世界でも、何人も犠牲《ぎせい》にして生き続けたいと思ってるヤツがいる。犠牲にしたくないから、逃《に》げて逃げてかろうじて生きてるヤツもいる。……どんなに憎《にく》まれても、汚《よご》れきっても、それでも生きたいと思うヤツなんていくらでもいるんだ。死んでもいいなんて言うヤツは、死ぬ価値すらもないんだよ」

まるで世界そのものに怒《いか》りを抱《いだ》いているような、憎悪《ぞうお》が込められた声だった。亜梨子は気圧《けお》され、口を閉《と》ざす。鼻で笑い、少年が再びその場を去ろうとする。

「……アンタだって、知らないでしょう?」

亜梨子は、言う。

「生きたくても生きられずに、他《ほか》の誰《だれ》かに想《おも》いを託《たく》していなくなってしまう……そんな子だっているのよ」

「……」

「想いを託された人間は、最後までその人と関わり抜《ぬ》く責任があるわ」

「……そんなこと、言われなくたって——」

何か思いあたることでもあるのか、少年が怒りの表情を浮かべた。

その、直後だった。

どこからか、悲鳴が聞こえた。

3

悲鳴に続き、ガラスが割れる音がした。

「……！」

亜梨子は、反射的に廊下《ろうか》に飛び出す。直後、警報が校舎内に響《ひび》き渡《わた》った。中央棟《とう》を見ると、校舎の二階で窓が割れる瞬間《しゅんかん》が見える。

振《ふ》り返る。少年と、目が合った。

「……」

亜梨子は厳しい表情で、一方、少年は静かな視線でにらみ合う。

目を離《はな》したのは、亜梨子が先だった。少年に背を向け、廊下を走り出す。

騒《さわ》ぎが起こっているのは、中央棟の二階だ。亜梨子の教室も同じ階にある。渡り廊下を駆《か》け抜けると、先のほうで生徒や教師たちが固まって騒いでいるのが見えた。

駆け寄り、亜梨子は絶句する。

何人かの生徒が床《ゆか》に倒《たお》れていた。教室の壁《かべ》は何かに食い破られたかのように、穴が空いていている。周囲には割れたガラスが飛散している。

一人の男子生徒が肩《かた》から大量の血を流していた。致命傷《ちめいしょう》のようには見えないが、教師に抱《だ》き起こされたまま呆然《ぼうぜん》としている。

「……〝虫〟……」

呆然と立ちつくしていた生徒の一人が呟いた。亜梨子は表情を変える。

「うああ……！　痛《いて》えよぉっ……！」

「〝虫〟が！　大きな化け物が！」

肩に傷を負った少年が、苦悶《くもん》の顔で叫《さけ》んでいた。教師が抱きかかえ、落ち着かせようとしている。また、傷を負った生徒のクラスメートだろう。数人の生徒たちが、半狂乱《はんきょうらん》に教師にすがりついている。

〝虫〟……一体、だれが──。

亜梨子は、唐突《とうとつ》に寒気に襲《おそ》われた。

「……！」

振り返る。

敵意の双眸《そうぼう》が、亜梨子を射貫《いぬ》いていた。

背後に、つい先ほど美術室で会ったばかりの謎《なぞ》の少年が佇《たたず》んでいた。そのあまりに冷たい視線に、硬直《こうちょく》した亜梨子の脚《あし》に震《ふる》えが走る。

こいつ、やっぱり普通《ふつう》じゃない──。

握《にぎ》りしめた拳《こぶし》に、自然と力が入る。

「やっぱりアンタが、虫憑《つ》き──」

「このクラスで美術部員は二人。そこに倒れているヤツと……」

亜梨子の言葉を遮《さえぎ》り、少年がぽつりと呟《つぶや》く。彼の視線は亜梨子ではなく、彼女の向こう側を見据《みす》えているようだ。

亜梨子は彼の視線を追う。

「……え……」

思わず、亜梨子の口から声が漏《も》れた。

壊《こわ》れた教室の出入り口で立ちつくしている男子生徒がいた。彼は、先ほどの亜梨子のように少年の視線によって金縛《かなしば》りにあっていた。

「調子に乗りすぎたな、播本潤《はりもとじゅん》」

底冷えするような少年の呟きに、男子生徒が反応した。顔色を変え、逃げるように廊下を走り去っていく。

少年が、播本潤を追いかける。

「ちょっと……待ってよ……」

思い出したように、亜梨子もまた二人の少年のあとを追う。

「亜梨子！」

他のクラスの生徒たちも、何事かと廊下に飛び出していた。恵那が亜梨子に声をかけてくる。

多賀子の姿は、どこにも見あたらなかった。

友人の呼びかけを黙殺《もくさつ》し、亜梨子は先ほどやってきた渡り廊下へと向かう。

「ま、待ちなさい！　播本くんは、だって……！」

とっくに姿が見えなくなった相手に向かって、叫ぶ。だが、亜梨子はすぐに息をのんだ。階段を下りた先の壁が、無惨《むざん》に打ち砕《くだ》かれていた。粉々になったコンクリートの向こうに、やはり強引《ごういん》に破壊《はかい》された柵《さく》が見える。

「播本くんが……虫憑きだっていうの……？」

謎の少年が虫憑きなのだとばかり思っていた。それだけではない。亜梨子は播本潤という男子生徒を知っている。なぜなら――。

「……！」

壁穴から裏庭へと飛び出した亜梨子は、布がはためく音を聞いた。

横を見ると、離《はな》れた場所に黒い人影《ひとかげ》が立っていた。

足元まで覆《おお》う漆黒《しっこく》のロングコートを纏《まと》った人物だ。顔全体を覆うほど大きなゴーグルをかぶる直前、その人物がこちらを見た。

亜梨子が虫憑きだと思いこんでいた少年だ。彼は別人のような目つきで亜梨子を睨《にら》むと、ゴーグルで顔を覆い隠《かく》した。

愕然《がくぜん》とする亜梨子をよそに、少年は驚異《きょうい》的な跳躍力《ちょうやくりょく》で柵に飛び乗った。ロングコートをなびかせ、壊れた柵の先へ姿を消す。

「な……」

どこからともなく、一匹《ぴき》の蝶々《ちょうちょう》が亜梨子の肩にとまった。銀色のモルフォチョウだ。

唇《くちびる》を嚙《か》んで走り出そうとする亜梨子。だが彼女を呼び止める声があった。

「亜梨子さん……」

振《ふ》り返った亜梨子の前にいたのは、思い詰《つ》めた表情を浮《う》かべた少女だった。

4

「あれは……女の人でした。いえ、本当に人間だったのかも、分からないんです……」

街道《かいどう》を走るタクシーの中で、九条多賀子はうつむきがちに語り出した。

多賀子の目撃《もくげき》した光景とは、次のようなものだったという。

――ねえ、貴方《あなた》の夢を聞かせてくれない？

そんな女性の声が、聞こえたそうだ。

場所は播本潤の自宅、多賀子は広い敷地《しきち》に入るための門をくぐり抜《ぬ》けたところだった。

彼の家にはハーブやポプラが生え、昼も夜も豊かな香《かお》りが絶えることはない。しかし、その瞬間《しゅんかん》、香りは完全に消え去っていたそうだ。一切《いっさい》の音さえも。

潤は、庭の中央に立ちつくしていた。

彼に覆い被《かぶ》さるように、長身の女性が耳元に囁《ささや》きかけているのが見えた。真っ赤なコートと、まん丸のサングラスをかけた横顔が見えた。

——抑《おさ》えつけるのは、もうお終《しま》い。さあ、教えて。貴方は今、何がしたいの?

潤に囁く声が、聞こえた。

——僕は……僕は……。

呟く少年のそばに、黒い歪《ひず》みが生まれた。それは苦しむように、しかし喜びにうち震えるように形を変えていく。歪みの一部が、虫の脚《あし》の形に固まっていくのが見えた。

サングラスの女性の視線が、動いた。不思議な輝《かがや》きを秘《ひ》めた瞳《ひとみ》が、多賀子を見た。

多賀子は恐《おそ》ろしくなり、その場から逃《に》げ出した——。

「一昨日《おととい》の、出来事です……」

多賀子が、震《ふる》える声で言う。

「その女が、播本くんを虫憑きにしたってこと?」

隣《となり》に座った亜梨子がたずねると、多賀子はピクリと肩《かた》を震わせた。虫憑き、という言葉に反応したのだろう。

播本潤という男子生徒と多賀子は、姉弟《きょうだい》のように育った幼なじみだという。旧《ふる》くから家どうしで付き合いがあったことから、二人は自然と会う機会も多かったようだ。そのことは、亜梨子や恵那も知っていた。

「私、あの時に見たものがどうしても信じられなくて……いいえ、信じたくなかったんです」

「……」

「今朝、恵那さんの話を聞いて、驚《おどろ》きました。潤さんは、私にはそんな素振《そぶ》りを見せませんでしたけど、彼が部活動でひどいいじめに遭《あ》っているという噂《うわさ》を聞いてました。ひょっとして——そう思ったら、彼を助けなくちゃと思って……」

「怪《あや》しい大男、っていかにもなウソよね……最初から気づくべきだったわ。多賀子がウソをつくのがヘタなの、知ってたのに」

「潤さんは、辛《つら》かったんだと思います……でも誰《だれ》にも助けを求められなくて……もっと、苦しんで……それで、よりによって、あんな得体の知れないものに救われてしまったんだと思うんです……」

亜梨子は、拳《こぶし》を握《にぎ》りしめる。

虫憑きを生む存在。

「そいつのせいで、虫憑きが生まれる……」

亜梨子が、虫憑きをさがしていた目的。

虫憑《つ》きとは一体——。

奥歯を嚙みしめる一方で、新たな疑問が浮かぶ。多賀子の話が真実だとすると、黒コートの少年はいったい何者なのだろう？　少なくとも、普《ふ》通《つう》の立場の人間ではないことは確かだ。

特別環境保全事務局。

少年の言っていた言葉が脳裏《のうり》をよぎる。彼と何か関係があるのだろうか？

タクシーが、停車した。

代金を支払《しはら》い、二人の少女は車を降りる。

「播本くんは、本当にここにいるの？」

「……建設がはじまった頃から、ときどきこっそりと二人で忍《しの》び込んで遊んでました。完成するまでは、誰にも見つからない秘密の場所だと思っていたから……」

亜梨子と多賀子が見上げたのは、夕日を背にした巨大《きょだい》な高層ビルだ。海岸線に近い開発地に建てられたコの字型の建築物である。多賀子の父が経営する企業《きぎょう》が出資し、街の新たな発展の起点として期待されている場所だ。

オープンを数カ月後に控《ひか》えた新高層ビルは、敷地内に設置された照明でライトアップされている。コの字の中央に位置する空間には、展望台でもある巨大な球体が浮《う》かんでいる。

有刺鉄線《ゆうしてっせん》がついたフェンスの一部が破れ、真新しいアスファルトの上に靴痕《くつあと》が残っていた。

「ビンゴね。行くわ」

歩きだそうとした亜梨子の手を、多賀子がつかんで止める。

「あの……どうして、亜梨子さんが？　その、警察……とか……」

「警察に知らせたいの？」

多賀子は考え、すぐに首を横にふる。亜梨子は微笑《ほほえ》む。

「だから、あたしが行くわ。あたしも彼に会って、確かめたいことがあるの」

「確かめたい……こと？」

「虫憑きって一体、何なんだろうね？」

言い、亜梨子はにっこり笑いかける。多賀子はきょとんとした顔だ。

「お前らは、邪魔《じゃま》だ。ここにいろよ」

すぐそばから、声がした。亜梨子たちは驚いて振《ふ》り返る。

「アンタ……！」

漆黒《しっこく》のコートを纏《まと》った少年が立っていた。

「余計な手出しをすると、怪我《けが》じゃすまなくなるぞ」

ゴーグルで顔を隠《かく》した少年は冷たく言い放ち、亜梨子たちの横を通り過ぎようとする。

だが亜梨子は、少年の腕《うで》を摑《つか》んで止める。

「あたしたちを尾《つ》けてきたのね」

「……」

「播本くんを、どうするつもり？　まさか、殺――」

亜梨子の言葉に、多賀子の顔が青ざめる。

「殺しはしない。〝虫〟を殺して、欠落者《けつらくしゃ》にするだけだ」

「……欠落者？」

「夢も感情もなくなった人間……自分の〝虫〟に夢を食い尽《つ》くされて死ぬよりはマシだろう。

欠落者にしたら、隔離施設《かくりしせつ》まで搬送《はんそう》する」

「アンタ……何者なの？」

亜梨子の問いかけに、しかし少年は無言のまま答えない。亜梨子の腕を強引《ごういん》にふりほどき、フェンスを乗り越《こ》えようとする。

だが、少年にとびかかった影《かげ》があった。多賀子だ。必死に少年にしがみつき、叫《さけ》ぶ。

「あ、亜梨子さん……！」

「ナイス、多賀子！」

少年が怯《ひる》んだ隙《すき》に、亜梨子は破れたフェンスを飛び越える。少年の舌打ちを聞きながら、ビルに向かって全速力で駆《か》ける。

照明の合間を縫《ぬ》って走っていくと、正面の入り口が開いているのが見えた。迷わず建物の内部へと飛び込む。

建物内は、薄暗《うすぐら》かった。窓から差し込む夕日が、広いフロアを部分的に照らしている。

潤と話をするには、少年よりも先に彼を見つけ出す必要がある。亜梨子は潤の姿をさがし、周囲を見回す。

だが、近辺に人の気配は感じられない。

焦《あせ》りがつのる。広大な面積を誇《ほこ》るビルだ。やみくもにさがしても、発見できる確率は低いだろう。

亜梨子の視界に、銀色に輝《かがや》くモルフォチョウが舞《ま》い降りた。

「摩理……」

モルフォチョウは亜梨子の頭上を旋回《せんかい》すると、フロアの奥へと舞っていく。

「……」

亜梨子は深呼吸をした。気を落ち着かせ、入り口の横に並べられた導管用のパイプの一本を握りしめる。

モルフォチョウのあとを追いかけて辿《たど》り着いたのは、ビルの十数階に位置するフロアだった。

息を切らせて亜梨子が階段をのぼりきると、フロアの奥で物音がした。

「誰《だれ》……？」

聞こえた声に、亜梨子は全身を緊張《きんちょう》させる。

亜梨子は慎重《しんちょう》に通路を進んでいき、角を曲がったところで目を見開いた。

どこかの企業が入る予定だったのだろう。乱雑に倒《たお》れた備品らしきデスクの向こうに、一人の少年がいた。播本潤だ。

だが、亜梨子が凝視《ぎょうし》したのは、潤本人ではなかった。彼の傍《かたわ》ら、デスクを巣のようにして異形の怪物《かいぶつ》が横たわっていた。突《つ》き出した触角《しょっかく》や、蠢《うごめ》く八本の脚《あし》。黒光りする甲殻《こうかく》は一見したかぎり、甲虫《かぶとむし》にも似ている。だが躰《からだ》の大きさは、潤の三倍以上はあるだろう。

これが、〝虫〟――？

亜梨子の額を、冷たい汗《あせ》が伝う。

「こんにちは、播本くん。あたしは一之黒亜梨子。多賀子の友達よ、知ってる？」

「……多賀子の？」

潤が、低い声で言う。夕日に横顔を照らされた少年の冷たい目つきを見て、亜梨子は寒気をおぼえる。

「あいつの友達が、なにしに来たの……？」

「止めに来たに決まってるでしょう。いじめられた仕返しだか知らないけど、もう気も済んだでしょう？　多賀子も心配してるわ」

「……ふっ」

少年が、噴《ふ》き出すように小さく笑う。潤のそばにいた〝虫〟が、ゆっくりと身を起こす。

「いやだね。あと三人、残ってる」

「くだらない」

「……なんだと？」

「仕返しがしたいなら、素手《すで》でやり返しなさい。そんなモノを使って相手を傷つけて、それで満足なの？　そんなの、自分の弱さを認めるだけじゃない」

きっぱりと言い放つ。

「あなたは、そんなくだらない復讐《ふくしゅう》のために虫憑《つ》きになったの？　虫憑きなら、あなたにも夢

があるんでしょう？」

「夢なんてものはみんな、綺麗《きれい》なものだとでも思ってるんだ？」

潤が笑《え》んだ。

亜梨子の呼吸が、止まる。少年の笑みは、ぞっとするような憎悪《ぞうお》に満ちていた。

こいつは、違《ちが》う——。

亜梨子は無意識に悟《さと》っていた。

私の知ってる虫憑きとは、ぜんぜん違う——。

かつて一人だけ、亜梨子は虫憑きと出会ったことがある。その人物は目の前の少年とは正反対の、優《やさ》しい笑みを浮《う》かべていた。

「ぶっ殺せ」

少年の命令に従い、〝虫〟が亜梨子めがけて突進《とっしん》する。

亜梨子は我に返り、棒を構える。

手に、汗が滲《にじ》んでいた。巨軀《きょく》の〝虫〟に対し、手にしたパイプ管でダメージを与《あた》えられるとは思えない。なんとか〝虫〟をやりすごし、潤を気絶させる。——宿主を気絶させると〝虫〟がどうなるのかは分からないが、他《ほか》に方法が思いつかなかった。

「くっ！」

振《ふ》り下ろされた〝虫〟の脚の一本を、パイプで受け止める。だが小柄《こがら》な亜梨子が受け止めきれるはずもなく、後方に吹《ふ》っ飛ばされる。

それでもなんとか受け身をとるが、すでに眼前に〝虫〟の巨大な口器《こうき》が迫《せま》っていた。

「せやっ！」

身体《からだ》を反転させて牙《きば》をかわし、頭部めがけてパイプを打ち下ろす。石を叩《たた》いたような感触《かんしょく》が伝わり、腕《うで》がしびれる。

大きな眼《め》が亜梨子を睨《にら》んだ。脚の一本が襲《おそ》いかかる。反射的に亜梨子は前方に身を投げ出し、床《ゆか》を転がって〝虫〟の間合いを脱出《だっしゅつ》する。

前転して立ち上がった亜梨子は、勢いのまま潤めがけてダッシュする。

「うっ……！」

怯《ひる》む少年。だが次の瞬間《しゅんかん》、鼓膜《こまく》を突き抜《ぬ》けるような〝虫〟の咆哮《ほうこう》がフロアを支配した。

轟風《ごうふう》が吹き荒《あ》れ、周囲の備品もろとも亜梨子が吹っ飛ばされる。

「きゃっ――」

ガラスが一枚残らず砕《くだ》け散り、宙を舞《ま》ったデスクが亜梨子に激突する。地面を転がり、フロアの奥の壁《かべ》に衝突《しょうとつ》する亜梨子。

「……う……っ……」

それでもパイプを手放さなかったのは、奇跡《きせき》に近かった。全身が悲鳴を上げ、立ち上がろうとしても脚が震《ふる》えて膝《ひざ》をつく。

パイプを支えに顔を上げた亜梨子に、〝虫〟が襲いかかった。

まるでスローモーションのように、迫り来る〝虫〟の口器が網膜《もうまく》に焼きつく。

——摩理——。

死を覚悟《かくご》した亜梨子が思い浮かべたのは、かつての親友の笑顔だった。

楽しげに夢を語っていた少女。だが彼女は、みずからの夢を叶《かな》えるには天寿《てんじゅ》が短すぎた。

命果てる直前に、摩理は亜梨子に向かって言った。

——ねえ聞いて、亜梨子。私ね、本当は……。

語る親友の表情は、死を迎《むか》える恐怖《きょうふ》も悲しみも感じさせなかった。

——私の夢、あなたに託《たく》してもいい？

いつも銀色のモルフォチョウといっしょにいた、摩理。

彼女もまた——虫憑きだった。

「……！」

亜梨子と〝虫〟の間に、銀色の光が舞い降りた。

鮮《あざ》やかな模様を翅《はね》に宿した、一匹《ぴき》のモルフォチョウだ。潤の〝虫〟の動きが、モルフォチョウに怯《おび》えるようにピタリと止まっていた。

モルフォチョウは亜梨子のもとへ舞い降り、手にしたパイプ管の上にとまる。

「！」

モルフォチョウの翅が歪《ゆが》んだ。幾《いく》本もの触手へと姿を変えた翅が、音をたててパイプに巻きついていく。翅が管の中に沈《しず》み、一体化していく。

呆然《ぼうぜん》とする亜梨子の手に、一本の銀色の槍《やり》が生まれていた。モルフォチョウの触角が蔦《つた》のように絡《から》みついた柄《え》は、洗練された彫刻品《ちょうこくひん》のような威風《いふう》を放っている。四枚に大きく開いた翅の一枚が、輝《かがや》く刃《やいば》と化している。

「な……」

絶句する亜梨子に対し、硬直《こうちょく》状態から脱した〝虫〟が脚《あし》を振り下ろす。

「……このっ！」

反射的に、亜梨子は槍を振るう。

次の瞬間、銀色の槍が〝虫〟の脚をいとも簡単に切断していた。

さらに槍から放たれた鱗粉《りんぷん》が、フロアの床に巨大な亀裂《きれつ》を生んだ。備品や窓ガラスが吹っ飛び、潤の前を過ぎてビルの外へと弾《はじ》け飛ぶ。

「くっ……！」

潤が顔を歪め、フロアの奥へと駆《か》けていく。彼の〝虫〟もまた、七本になった脚を蠢《うごめ》かして宿主のあとを追いかける。

「ま、待ちなさい！」

槍の威力に愕然《がくぜん》としていた亜梨子は、我に返って少年を追う。

潤はフロアの奥にある階段をのぼっていったようだ。階段の上から靴音《くつおと》と〝虫〟の唸《うな》り声が聞こえた。亜梨子も槍を片手にあとを追う。

「……」

階段を駆けながら、手の中の槍を見る。

いつも亜梨子のそばにいるモルフォチョウは、かつて親友だった少女の〝虫〟だった。病弱だった彼女が息絶えた日から、亜梨子のそばをいつでも舞っているようになったのだ。

「摩理……」

呼びかける。だが銀色の槍は、彼女に応《こた》えることはない。今まで何度呼びかけても、銀色のモルフォチョウは決して応えることはなかった。

――私の夢、あなたに託してもいい？

摩理の、最後の願い。あの言葉の意味は、いったいどういうことなのだろう？　なぜモルフォチョウは亜梨子のそばにいるのだろう？　虫憑《つ》きとは一体、何なのだろう？――その答えが知りたくて、亜梨子は虫憑きを捜《さが》すようになっていた。

だがようやく巡《めぐ》り会った虫憑き、播本潤はあまりにも摩理と違《ちが》いすぎた。彼をあのように変えてしまった存在に対する怒りがわく。

突風《とっぷう》が、亜梨子の髪《かみ》をなびかせた。

階段が終わり、目の前に破壊《はかい》された扉《とびら》があった。屋上だ。潤と彼の〝虫〟は、この先に行ったようだ。

外は、夜の闇《やみ》に覆《おお》われていた。

殺風景な屋上には夜風が吹きつけ、照明がレーザー光線のように周囲を飛び交《か》っている。

潤は、屋上の一番端《はし》に立っていた。亜梨子は彼のもとへ歩み寄っていく。

「播本くん……」

追いつめられた潤は、しかし落ち着き払《はら》っていた。冷淡《れいたん》だが、燃えるような憎悪《ぞうお》を秘《ひ》めた眼差《まなざ》しで亜梨子を睨《にら》んでいる。

「あなたの本当の夢は、なんだったの？　その〝虫〟は、単なる仕返しのために生まれたんじゃないでしょう？」

「まるで、僕の他《ほか》にも虫憑きを知ってるみたいな言い方だよね。そしてそいつはきっと、いいヤツだったみたいだ」

潤が言う。亜梨子は答えない。

「僕は、仕返しなんて考えてないよ……」

潤の表情は、ふっと緩《ゆる》む。優《やさ》しげとすら言える笑《え》みを浮《う》かべ、言う。

「手はじめだ。僕は周りにあるものすべてを、ぶち壊《こわ》す……！」

亜梨子は愕然と目を見開く。そんな彼女の反応を見て、潤がおかしそうに笑う。

「そんな夢があるだなんて信じられない――そんな顔だね。でも僕と同じような虫憑きなんて、そこらへんにゴロゴロいるはずさ。僕には、分かる」

亜梨子は、そんな少年を見てなぜか息が詰《つ》まりそうになった。戦慄《せんりつ》か、それとも悲しみなのか、自分の中に渦巻《うずま》く感情の正体は分からない。しかし――。

「バカだわ、アンタ……！」

亜梨子は口の中で呟《つぶや》き、潤を睨みつける。

「あなたに、訊《き》きたいことがあるの。あなたを虫憑きにしたっていう女……そいつは一体、何者なの？」

潤はピクリと顔を上げる。しばし探《さぐ》るような目つきで亜梨子を見たが、やがて呟く。

「……自分は〝大喰《おおぐ》い〟と呼ばれてる。そう、言ってた」

〝大喰い〟。

その名を、亜梨子は記憶《きおく》に焼きつける。

「そいつのせいで、虫憑きが生まれるのね……摩理みたいな人たちが……」

追い求める相手を、再確認《かくにん》する。

「もう一つだけ」

亜梨子は、潤に向かって槍《やり》の穂先《ほさき》を向ける。

「もう二度とこんなことはしないと、ここで誓《ちか》いなさい」

潤の顔から、表情が消える。

「あなたを待っていてくれる人がいる……それだけで、もう何もかもじゅうぶんでしょう」

潤が、うつむいた。だが再び顔を上げた少年の顔には、歪《ゆが》んだ笑みが浮かんでいた。

「誰《だれ》にも、僕の邪魔《じゃま》はさせない」

潤の〝虫〟が、鋭《するど》い脚《あし》をビルの壁《かべ》に突《つ》き刺《さ》す。〝虫〟にしがみついた少年が、屋上から壁の向こうへと姿を消す。

「どうして……！」

こみ上げる叫《さけ》びを嚙《か》みしめ、亜梨子は絞《しぼ》り出すように呻《うめ》く。

潮気を含《ふく》んだ風が、吹《ふ》きつける。屋上の端に立って見下ろすと、目が眩《くら》むような高さを〝虫〟に乗って下りていく潤の姿があった。

地上にいる級友、多賀子は彼を救いたいと言った。ここでこのまま彼を逃《に》がせば、彼女の思いを遂《と》げることになるだろうか？

「そんなわけない……そうだよね、摩理？」

かつて虫憑きだった親友に、語りかける。亜梨子がとるべき行動は、すでに決まっていた。

「こりゃ、ホンキで死ぬかもなぁ……」

下を見下ろし、銀色の槍を握《にぎ》りしめる。

「それじゃあ行くよ、摩理」

とんっ、と亜梨子がビルの屋上を蹴《け》る。

――次の瞬間《しゅんかん》、亜梨子を襲《おそ》ったのは激しい風と落下感だった。

風圧と恐怖《きょうふ》で、目を閉じそうになる。

真っ逆さまに自由落下する亜梨子と、信じられないものを見たように目を見開いた潤の視線が重なった。

「せあああああっっ！」

潤とすれ違う直前、亜梨子の槍が一閃《いっせん》する。

ビルの窓ガラスが、爆発《ばくはつ》を起こしたようにいっせいに砕《くだ》け散った。

刃《やいば》と化した銀色の鱗粉《りんぷん》が、潤の〝虫〟を斜《なな》めに両断する。それでも威力《いりょく》の余った鱗粉が、ビルの壁面《へきめん》に巨大《きょだい》な傷痕《きずあと》を生んだ。

〝虫〟が真っ二つになると同時に、潤の表情から一切《いっさい》の感情が消えた。人形のような表情で、亜梨子の前に投げ出される。

タ・カ・コ――。

最後に、潤の唇《くちびる》が動いたのが見えた。だがそれきり、凍《こお》りついたように動かなくなる。

これが黒コートの少年が言っていた〝欠落者〟というものなのだろうか――頭のどこかで、冷静にそんなことを考える。

「せいっ！」

半回転させた亜梨子の槍が、石突《いしづ》きの部分で潤の胸を叩《たた》く。少年の体が吹き飛ばされ、窓ガ

ラスの割れたビルの内部へと転がっていく。

だが、ここで終わるわけにはいかなかった。亜梨子は槍をふりかぶり、壁に刃を突き立てる。

――私の夢、あなたに託《たく》してもいい？

生きたくても生きられなかった親友の顔が、思い浮かぶ。

彼女の夢を託された自分は、こんなところで死ぬわけにはいかなかった。

「死んで……たまるかぁっ！」

突き立てた槍で、落下の勢いを殺す。体重を支える両腕《りょううで》が悲鳴を上げる。

だが亜梨子の視界に、黒い影《かげ》がよぎった。

躰《からだ》を両断された〝虫〟の脚だ。

「……あっ……」

頭上から落ちてきた〝虫〟の死骸《しがい》が、槍ごと亜梨子の体を弾《はじ》き飛ばす。

支えを失った体が、再び重力に支配される。

ゴメン、摩理――。

目を見開いたまま、亜梨子は心中で呟《つぶや》く。

私、もう――。

意識を失いかけた、まさにその瞬間だった。

壁面が、再び爆発した。

ただし先ほどとは異なり、ビルの内側から放たれた衝撃《しょうげき》によるものだ。

爆発の勢いに乗り、ビルから飛び出した黒い影があった。見覚えのある黒いコートと大きなゴーグルが見えたような気がした。片手に持っているのは、一挺《ちょう》の自動式拳銃《けんじゅう》だ。

「この、バカ女……！」

コートの主は空中で亜梨子を抱《だ》きかかえ、勢いのまま斜め下方に向かって拳銃を構える。

拳銃のものとは思えない砲撃音《ほうげきおん》が響《ひび》いた。

コの字型に建てられたビルの中央、展望台のある球体の屋根が砕け散る。

悲鳴を上げるよりも早く。

激しい衝撃と鼓膜《こまく》を麻痺《まひ》させるほどの轟音《ごうおん》が、亜梨子を襲った。

5

「……うっ……」

耳元で、苦しげな呻《うめ》き声が聞こえた。

いつの間にか、衝撃が完全に止《や》んでいた。一瞬《いっしゅん》、気を失っていたのかもしれない。

亜梨子はきつく閉じたまぶたを、おそるおそる開いていく。

そこは、展望台——だったところのようだ。

屋根は抜《ぬ》け、窓ガラスの破片《はへん》が飛び散り、巻き添《ぞ》えをくった照明がそばにあった展望用の機械を押し潰《つぶ》している。

そこではじめて、亜梨子は誰《だれ》かに抱きしめられていることに気づいた。視線を上に向ける。不機嫌《ふきげん》きわまりない表情をした少年が、亜梨子を見下ろしていた。

亜梨子をかばって傷ついたのだろう。コートは無惨《むざん》に破れ、顔を覆《おお》っていたゴーグルはレンズ部分が割れていた。

「どうして俺が、こんな目に……くそ……」

少年の顔の模様が、触手《しょくしゅ》となって体から離《はな》れていく。全身から分離《ぶんり》した触手が収束し、一匹《ぴき》の緑色の〝虫〟になる。

やっぱりコイツも、虫憑《つ》き——。

亜梨子はそう思って、声をかけようとした。だが亜梨子は現在の状況《じょうきょう》に気づく。

「いつまで抱きしめてるのよ、離れなさい」

少年がわずかに目を見開いた。脱力《だつりょく》したように、床《ゆか》の上に大の字に転がる。

「……ありがとう、とか、大丈夫《だいじょうぶ》？　とかじゃないのかよ、ふつー……ああ、助けなきゃよかった。マジで。本当に」

それきり、少年が動かなくなる。傷が深いのか、思うように動けないようだ。

一方、亜梨子もまた体を動かすことができなかった。少年がかばってくれたおかげで外傷は

ないようだが、腰《こし》が抜けてしまっていた。もちろん、そんなことを彼に言えるはずもない。

二人は折り重なった格好のまま、大きなため息をつく。

「俺と同じタイプの虫……でもお前自身と一体化していないのは、どういうわけなんだ?」

「私の〝虫〟じゃないもの」

「他人の〝虫〟に取り憑かれるなんて、あり得ない」

「だって……この〝虫〟の持ち主は、もういないから」

「……どうして、虫憑きに関《かか》わろうとする?」

「知りたいから」

「何を?」

亜梨子は唇《くちびる》を嚙《か》み、言う。

「虫憑きって一体、何なのか……どうやって生まれて、そして……どうして、あんな終わり方しかできないのか……」

「……」

二人はしばらくの間、黙《だま》っていた。顔に触《ふ》れる少年の胸から、力強い鼓動《こどう》が伝わる。亜梨子の鼓動もまた、少年に伝わっているのだろうか?

「あーあ……」

少年が、疲《つか》れた声で呟いた。

「せめて、こんなお子ちゃまじゃなければ、この状況にも救いが――」

「亜梨子パンチ」

「……っ！」

傷口にヒットしたのか、少年は声もなく殴《なぐ》られた箇所《かしょ》を押さえて小刻みに震《ふる》えだした。

6

播本潤の不自然な『転校』という形で一連の事件が幕を閉じた、数日後。

落ち着きを取り戻《もど》しつつある学園の朝は、いつも通りにやってくる。

だが一之黒亜梨子は、いつにも増して上機嫌だった。

「ねえ、亜梨子」

朝のＳＨＲ《ショートホームルーム》。隣《となり》の席の西園寺恵那が、亜梨子を肘《ひじ》でつついてくる。

「アレが、そうなの？」

「オー、イエス」

「あらためて見ると、良《い》い人に見えますね」

大きく頷《うなず》いた亜梨子に対し、斜《なな》め後ろの席の九条多賀子が言う。――ここ数日、さすがに元気がない彼女だが、最近になって元の笑顔《えがお》を取り戻しつつあるように見える。

後になって播本潤の結末を知った多賀子は、しかし亜梨子に向かって微笑《ほほえ》んだ。

――ありがとうございます。亜梨子さんが、彼を止めてくれたのですね。

そして、こうも言った。

――彼が帰ってきた時は、〝おかえりなさい〟と言ってあげたいと思います。

多賀子は、潤の帰りを待ち望んでいるようだ。普段《ふだん》のおっとりした振《ふ》る舞《ま》いとは裏腹に、実は芯《しん》が強いということを亜梨子は知っている。

潤は最後に、はっきりと多賀子の名を呼んだ。彼もまた多賀子を必要としているのだ。

「気を許しちゃダメよ、多賀子。ああ見えて、かなーり獰猛《どうもう》なんだから。うふふ、これからどう調教してやろうかしら」

「調教って、アンタ……」

そんな亜梨子たちを、教壇《きょうだん》の上に立つ少年は意識して見ないようにしているようだ。

「薬屋大助《くすりやだいすけ》です。これからよろしくお願いします」

転入生として紹介《しょうかい》された少年が、頭を下げる。

――どうやら亜梨子は、大助が所属している機関に要注意人物として目をつけられてしまったらしい。本来ならすぐにどこかの施設《しせつ》に送られるところらしいが、そこは財界の重鎮《じゅうちん》、一之黒家の一人娘《ひとりむすめ》。様々な事情や取り引きが飛び交《か》った結果、一人の人物を監視役《かんしやく》としてそばに置くことで落ち着いたらしい。

ＳＨＲの終了《しゅうりょう》を告げるチャイムが鳴る。

薬屋大助が席につくよりも先に、亜梨子は椅子《いす》の上に立って声を張り上げる。

「えー、皆《みな》さん。あらためて紹介します。一之黒家で使用人としてしょーがなく雇《やと》ってやることになった、薬屋大助クンです。みんなも彼を奴隷《どれい》と思ってなんでも言いつけてやってね」

クラスメート全員の視線が、亜梨子と大助に注がれる。

大助は沈痛《ちんつう》な面持《おもも》ちをしていたかと思うと、すぐさま亜梨子のそばに歩み寄ってくる。

「監視者と監視対象は無関係を装《よそお》うのが決まりだって、言ったよな？」

「ああ、わたくし、喉《のど》が渇《かわ》いてしまったわ」

小声で囁《ささや》く大助に対し、しかし亜梨子はわざとらしく大声を出す。

「お前な……」

「喉が渇いてしまったわ」

これっぽっちも耳を貸さない亜梨子を見て、観念したのだろう。大助は嘆息《たんそく》し、教室から出て行った。

しばらく経《た》って亜梨子の席へやってきた大助の手には、紙パックのジュースがあった。

「買ってきました、お嬢様《じょうさま》」

「うむ、ごくろう――」

受け取ろうとした亜梨子の手が、空を切る。

よく冷えた紙パックの感触《かんしょく》が、亜梨子のほっぺたに押し当てられていた。

「ふふふ……一体、なんの真似《まね》かしら?」

「はやく飲めよ、ほら」

「……にゃろう……」

不穏《ふおん》な空気を漂《ただよ》わせる二人の横で、恵那がニヤニヤと状況《じょうきょう》を見守っている。多賀子はというと、オロオロと二人の顔を見比べて対処に困っているようだ。

不気味な沈黙《ちんもく》に包まれた教室の窓の外を、銀色のモルフォチョウが羽ばたいていった。

02. 夢紡ぐ夜歌

MUSHIUTA
bug
1st.

ゆっくりと、とてもゆっくりと地上の明かりが遠ざかっていく。

逆に、夜空に揺《ゆ》れる星々が近くなってくる。実際には星との距離《きょり》などたいして変わらないのだろうが、要は気持ちの持ちようだ。少なくとも、こういうアトラクションではそんなロマンティックな空想を抱《いだ》く義務があると、一之黒亜梨子は思う。

「わ……わあー、すごいキレイー！　ほら、海が見えてきたわ！」

亜梨子の斜め向かいの席で、表情をひきつらせた西園寺恵那が言った。一方、穏和な笑みを浮《う》かべているのは、九条多賀子だ。

「上に行けば、私たちの学校も見えるんでしょうか？　楽しみですね」

多賀子が言った学校とは、ホルス聖城学園中等部のことだ。亜梨子、恵那、多賀子は二年生の同級生である。

夏夜を彩《いろど》る、円。

ゆっくりと回転するそれは、百メートル以上もの高さを誇《ほこ》る巨大《きょだい》な乗り物である。

亜梨子たちは、大観覧車に乗っていた。

「きゃっ、今、揺れなかった？　こわーい」

亜梨子も他《ほか》の二人に負けじと大きな声を出し、となりの多賀子に抱《だ》きつく。

「亜梨子ってば、そんなにハシャいじゃって。そんなキャラでもないくせに」

恵那が亜梨子の額をこづく。額を叩《たた》く恵那の拳《こぶし》には、明らかに必要以上の力がこめられていた。たわむれる二人を見て、おかしそうに多賀子が笑う。

だが——。

「……はぁ……」

重い、と一言で表現するには重すぎるため息が聞こえた。

ゴンドラ内の温度が、急低下する。

「……」

じゃれついた体勢のまま、亜梨子と恵那は沈痛な面持ちをシートの一角へと向ける。

亜梨子の向かい側の席に、一人の少女が座っていた。いや、座っているというより、窓ガラスにもたれかかっているといったほうが正しい。異国の血が流れているのかもしれない、整った顔立ちと長身が欧州《おうしゅう》系の雰囲気《ふんいき》を漂わせている。

「……はぁ……」

どれくらい濃密《のうみつ》なため息をつけばそうなるのか、少女の前の窓ガラスが真っ白に曇《くも》っていた。

少女がのろのろと細い指先を持ち上げ、曇った部分をなぞる。

「ふふっ……」

なにが面白《おもしろ》いのか、少女が微笑《びしょう》した。一方、亜梨子たちの行状は絶望的に暗くなる。

「高い……」

独り言だろうか、少女が呟《つぶや》く。

「飛んだら……気持ちよさそう……」

「あの、まさかあの方……」

多賀子がお嬢様らしく、首を傾《かし》げて言う。

「自殺とか、なさいませんよね？　ここから飛び降りたりとか……」

「……！」

亜梨子と恵那は顔を見合わせ、囁《ささや》き合う。

「どどど、どうすんのよ、亜梨子！　もとはといえば、亜梨子のせいだからね！　知らない人と合い席してもいいなんて言うから！」

「い、いざとなったら、止めるわよ！」

「どうして、このようなことになったんでしょう？」

多賀子が嘆息《たんそく》まじりに言う。

そんなことは、亜梨子が聞きたかった。

1

はるか彼方《かなた》のビル群に、夕陽《ゆうひ》が落ちようとしていた。

窓の外は暗くなりつつあり、中庭に備えつけられた蛍光灯《けいこうとう》が点灯する。

また遠方で、まるい明かりが見えた。

海に近い広場に設けられた大観覧車だ。日本で最大の直径を誇るらしい。赤牧市の人気デートスポットである。

「とにかくそんなわけで、お前の〝虫〟は今までにないタイプなんだよ」

すぐとなりからかけられた声で、一之黒亜梨子は窓から目をそらした。

亜梨子が歩いているのは、ある総合病院の廊下《ろうか》だった。受付とエレベータを通過し、五階にやって来たところである。

面会時間の終了間際《しゅうりょうまぎわ》とあって、出歩いている人影《ひとかげ》は少ない。面会者は帰路につき、患者《かんじゃ》は部屋に戻《もど》っているのだろう。制服を着た看護師が時々、忙《いそが》しそうに通り過ぎていく。

「ふーん」

「ふーん、じゃないだろ。自分のことなんだから、ちゃんとおぼえておけよ」

薬屋大助が、不機嫌《ふきげん》そうに言い放つ。いちど話した程度では決して印象が残らないくらい、特徴《とくちょう》のない外見の少年だ。

「バカにこんな説明までしなくちゃならない俺の身にもなれよな」

「亜梨子エルボー」

大助が、腹をおさえてうずくまった。亜梨子の肘《ひじ》が、みぞおちをとらえたからだ。

亜梨子はすました顔で廊下を先に歩いていく。うしろから「君、どうかしたの？　大丈夫《だいじょうぶ》？」

「な、なんでもありません」という会話が聞こえた。

しばらく歩いていると、亜梨子の頭を衝撃《しょうげき》が襲《おそ》った。大助に叩かれたのだ。

「……居候《いそうろう》のブンザイでご主人様を叩くなんて、もっとしつけが必要かしら？」

「だれがご主人様だよ。俺だって、できることならさっさとお前なんかのお守《も》りは終わらせたいんだ」

「亜梨子ダブルパンチ」

睨《にら》みあいの決着は、亜梨子の両拳《りょうこぶし》が再び大助の腹にめり込むという形でついた。またうずくまって看護師にのぞきこまれている彼を置いて、さっさと廊下を進む。

薬屋大助と出会ったのは、ほんの数日前。ある事件がきっかけだった。

その事件には世間で囁かれている、ある存在が深く関《かか》わっていた。

〝虫〟。

人に寄生し、人間の夢を喰《く》う怪物《かいぶつ》である。外見が昆虫《こんちゅう》に似ているため、〝虫〟と呼ばれている。その存在は噂《うわさ》の範疇《はんちゅう》を超《こ》え、今では〝虫〟に寄生された人間は〝虫憑《つ》き〟と呼ばれ人々に怖《おそ》れられるまでになっている。

だが、亜梨子は知っている。

〝虫〟は、実在する。

虫憑きは自分の理想や願望といった夢を喰われ、それでも生き続けている。いつの日か自分の〝虫〟に夢を喰い尽《つ》くされ、死に至るかもしれないという恐怖《きょうふ》を背負いながら。

亜梨子は、薬屋大助に関して何も知らない。ただ彼は虫憑きを捕《ほ》獲《かく》、隔離《かくり》して政府の公式発表通り〝いなかった存在〟とするための組織、『特別環境保全事務局』の一員であるらしい。

数日前に関わった事件がもとで、亜梨子もまた虫憑きである疑《ぎ》惑《わく》が生まれたことから、大助に〝監視《かんし》〟される結果となった。一之黒家とどんな交渉《こうしょう》をしたのか、大助は亜梨子の家にいっしょに住むこととなっている。

「……」

亜梨子は、ある一室の前で立ち止まった。入り口にかけられた真っ白な名札は、今、この部屋に主がいないことを意味している。

ふいに、ドアが無造作に開かれた。

　横から大助が手を出したのだ。立ちつくす亜梨子になんの配慮《はいりょ》もない、邪魔《じゃま》なものをどける機械的な手つきだった。

「早く入れよ。看護師に見つかる」

大助を睨む亜梨子に対し、彼は冷静だった。普段《ふだん》は普通の中学生のように表情豊かだが、たまにひどく冷たい目つきをすることがある。彼がどんな人生を送ってきたのか興味はあるが、きっと教えてはくれないだろう。

「どきなさい」

大助を押しのけ、亜梨子は室内に入る。

病室には、先客がいた。薄暗《うすぐら》い室内に、銀色の輝《かが》きが舞《ま》い落ちる。

一匹《ぴき》のモルフォチョウだ。しかし、ただの蝶々《ちょうちょう》ではない。触角《しょっかく》が四本もあり、身に纏《まと》う輝きはそれ自体が光を放っているかのようだ。

亜梨子に取り憑いた〝虫〟。同時に、この病室で一年前に息をひきとった親友を宿主《やどぬし》にしていた〝虫〟でもある。

蝶は窓際に降り立ち、翅《はね》を閉じた。

「ここが、花城摩理がいた部屋なんだな」

背後で、扉《とびら》を閉じる音が聞こえた。

ホルス聖城学園の大半の生徒がそうであるように、摩理もまた裕福《ゆうふく》な家柄《いえがら》の育ちだった。彼女がいた個室は他《ほか》の六人部屋とはちがい、ベッドは木目調の高級品。大型テレビ、冷蔵庫、外線も使えるナースコール用の受話器などの備品はもちろん、絵画なども据《す》え置かれている。だが夕暮れ時の薄暗さゆえか、そのすべてが色あせ、冷たく沈黙《ちんもく》していた。

——一之黒……亜梨子？

ベッドの上に、首を傾《かし》げる仕草をした摩理が見えたような気がした。

——ごめんなさい。私、クラスメートの名前も顔も分からなくて……。

亜梨子がはじめて見舞いに訪《おとず》れた時、摩理は亜梨子の顔を知らなかった。

当然だ。亜梨子もまたここではじめて、摩理の顔を見たのだから。入学した日から、摩理は一日も学校に登校していなかった。

「花城摩理に取り憑いていたはずの〝虫〟」

壁《かべ》によりかかって腕《うで》を組んだ大助が言う。

「宿主が死んだ時点で〝虫〟も消えるはずだ。なのに、どうしてその〝虫〟が他人のお前に取り憑いたのか……なんでもいいから、手がかりになるようなことを思い出してくれ」

壁を見ると、そこにあったはずの本棚《ほんだな》はなくなっていた。あれは本好きの摩理が持ち込んだものだったようだ。

「……」

亜梨子は、何も知らなかった。摩理が虫憑きだったということさえ。

暗い病室に、沈黙が落ちた。

しばらくの時間が経《た》って、大助が黙《だま》ったままだということに気づく。

顔を上げて振《ふ》り返ると、少年は腕組みをしながらうつむいていた。目を閉じている。

「ねえ」

亜梨子の低い声で、大助が顔を上げた。居眠《いねむ》りでもしていたのだろうか。

「この前の播本くんの時もそうだったけど、あなたにとっては摩理のことなんてどうでもいいんでしょうね」

頭に来て、言い放つ。播本というのは、数日前に虫憑きとして大助の所属する組織に連れて行かれた少年のことである。

「……」

大助が嘆息《たんそく》する。落ち着き払《はら》った彼の態度が、亜梨子の癇《かん》にさわった。だが言い返そうとして、少年の顔色がひどく悪いことに気づく。

「どこか調子悪いの？　なんだか疲《つか》れてるみたいだけど」

大助は、ハッとした。すぐに元の表情を取り戻《もど》し、壁から離《はな》れる。

「手がかりが思い出せないなら、もういくぞ。誰《だれ》かに見つかる」

「なによ、もう」

頬《ほお》を膨《ふく》らませ、立ち上がった時だった。


――綺麗《きれい》だね、あの観覧車――。


摩理の声が、聞こえた。

目眩《めまい》にも似た感覚に襲《おそ》われ、振り返る。

銀色に輝くモルフォチョウの向こう。窓の外に、煌《きら》びやかに彩《いろど》られた観覧車が見えた。

「観覧車……」

思い出す。

そう、この窓から観覧車を見て亜梨子と摩理は、いつかいっしょに乗ろうと約束した。その約束を口にしたのは、二人のどちらだったか――。

「どうした？　なにか思い出したのか？」

「え……？」

入り口で振り返る大助の声で、我に返る。

今、一瞬《いっしゅん》だけ大切な何かが頭の奥をよぎったような気がしていた。だがそれが何だったのかは、思い出すことができない。

窓の外を見る。そこには、夜の暗闇《くらやみ》に浮《う》かぶまん丸い明かりがあった。

2

赤牧市市営の公園は、夜とはいえ人通りが多かった。

広い散歩道には、屋台も見える。夏祭りが近いのだろう、設置途中《とちゅう》の提灯《ちょうちん》もあった。百メートル間隔《かんかく》で複数ある広場には、アンプを持ち込んでの路上ライヴも行われている。

制服姿のまま、亜梨子たちは公園を歩いていた。

「こんな夜に出歩いて、大丈夫《だいじょうぶ》？　家の人に怒《おこ》られたりとか」

亜梨子たち女の子三人の後ろで、大助のため息が聞こえた。彼の口調は、病院にいた時とはうって変わっておとなしい。他《ほか》の二人の少女を気にしてか、今はどうやら『普通《ふつう》の中学生』ヴァージョンの薬屋大助のようだ。

「問題なし。ちゃんと電話しといたし、怒られても気にしないもの」

あっさりと言い放ったのは、亜梨子だ。右隣《みぎどなり》で、西園寺恵那が頷《うなず》く。

「そうそ。あたしんちはお姉ちゃんたちはともかく、あたしに関しては放任主義だしね」

「それはそれで問題なんじゃ……」

「亜梨子さんや恵那さんと一緒《いっしょ》なら、ある程度は許してもらえるんです」

にこにこと穏和《おんわ》な笑《え》みを浮かべているのは、九条多賀子だ。

病院の待合室で待っていた恵那と多賀子と合流し、その足で亜梨子たちはここへやって来た。観覧車に乗ろうという提案を、大助はともかく二人の同級生は快く承諾《しょうだく》した。

「そうなんだ」

また嘆息する大助は、見るからに面倒《めんどう》くさそうだ。亜梨子の監視《かんし》が任務である以上、彼女から離れるわけにはいかないのだろう。

「そんなこと言っておいて、薬屋くん」

距離《きょり》を置いて歩く大助のもとへ、恵那がスッと近づいていく。

「本当はうれしーくせに。美少女三人とデートだもんねー？　うりうり」

「ちょっ……西園寺さん！」

「多賀子も、ほら。薬屋くんを包囲せよ！」

「私ですか？　えっと、こうでしょうか？」

恵那が大助の腕《うで》に自分の腕をからめたのを見て、多賀子もそれにならう。

「照れちゃって、かわいー！　ねえ、亜梨子。薬屋くん、あたしにちょーだい！」

「亜梨……一之黒さん！」

両腕の自由を恵那と多賀子に奪《うば》われて助けを求める大助を、亜梨子は冷たく睨《にら》む。

「……なによ、私にも加われっていうの？　エロいのもいい加減にしなさい」

「助けてくれって言ってるんだよ！」

数分も歩くと、亜梨子たちは目的地に到着《とうちゃく》した。

大きな広場に、獲物《えもの》を狙《ねら》うヘビのようにくねくねとカーブを描《えが》く人の列があった。先頭にあるのは、見上げるほど巨大《きょだい》な輪っかだ。

直径120メートル、地上高にして130メートルある大観覧車。

病院から見た時は、六角に区切られて六色のイルミネーションを輝《かがや》かせていた。だが今は、全体から淡《あわ》いブルーの明かりを放ち、夜空に浮かび上がっている。

「うはー、これぞ観覧車って感じね！」

「これに乗るんですよね。私、楽しみです」

「ほら、大助もいつまでもスネてないで。さっさと並ぶわよ」

亜梨子が呼びかけると、憮然《ぶぜん》とした顔の大助がこちらを見る。さきほど恵那たちがからかったことをまだ怒っているようだ。まったくヘンなところで子供っぽい奴《やつ》である。

大助の携帯《けいたい》電話が鳴り、彼は誰《だれ》かと話しだした。大助の顔つきが厳しくなる。

「どうしたの？」

「ごめん」

「ちょっと用事が入った。すぐに戻《もど》ってくるから、三人で楽しんできてよ」

作り笑いを浮かべ、大助がさっさと立ち去ってしまった。

「えー？　薬屋くん、乗らないの？」

「残念ですね」

「ま、あんなのがいなくても別にいいでしょ。ほら、はやく並ぼう」

亜梨子たち三人は、長蛇《ちょうだ》の列に加わる。

一時間ほど待つと、ようやく入り口が見えてきた。大助からの連絡《れんらく》はない。本当に乗るつもりはないのだろう。

「申し訳ございません。席は四人乗りでして……」

「まいったな。一人余っちまう」

残すところあと数組というところで、前のグループと係員の会話が聞こえた。五人組の男女である。

「悪い、寧子《ねいこ》。俺たち、先に乗っていいか？」

「え……？」

音楽バンドの仲間だろうか。ギターケースを背負った少年が、長身の少女に言う。

ムッ、と亜梨子は眉《まゆ》を寄せた。いっしょにいるにも拘《かか》わらず、他《ほか》の誰も異論を口にしなかったからだ。少女自身が反論しなかったことで、決定したようだ。一人を残し、やってきたゴンドラに四人の男女が乗り込む。

係員が、亜梨子らのもとへやってきた。

「お客様がた、三名様でよろしいでしょうか？　申し訳ないのですが……前の方と合い席していただけませんか？　見ての通り、大変混《こ》み合ってまして……」

「えー？」

不満の声を上げたのは、恵那だった。

亜梨子は、残された少女を見る。亜梨子より二、三歳ほど年上だろう。雑誌モデルのように長身で、ロゴの入ったシャツの上にジャケットを羽織った少女だ。綺麗《きれい》な横顔を上げ、観覧車を見上げている。

「いいですよ」

亜梨子は、前のゴンドラを睨みながら頷いた。係員はホッとしたように「申し訳ありません」と言い残して入り口に戻っていく。

「なんでOKしちゃうかなぁ、このコは……三人で乗るのが楽しいのに」

「いいじゃない。誰だって、一人で乗ったら寂《さび》しいでしょう」

「はあ？　ていうか、亜梨子……アンタ、なんで怒《おこ》ってんの？」

「私も、構いませんよ」

喋《しゃべ》っているうちに、亜梨子たちの順番がやってきた。

乗車口に新しいゴンドラが降下し、乗客が降りる。係員の誘導《ゆうどう》にしたがって、長身の少女、寧子と亜梨子たちはゴンドラに乗り込む。

円筒状《えんとう》の形をしたゴンドラの入り口を、係員が閉める。ガタン、と揺《ゆ》れ、ゴンドラがゆっくりと上昇《じょうしょう》していくのが分かった。

内部は二人掛《が》けのシートが向かい合う形となっていた。亜梨子と多賀子が並び、向かいに寧子と恵那が並ぶ。

「動いた、動いたわよ、亜梨子、多賀子！」

「少しドキドキしますね」

海がある方角の窓を見ながら、恵那と多賀子が目を輝かせる。

一方、亜梨子は反対側の街を見つめていた。さきほど訪《おとず》れた病院は、まだ見えない。

「あ、あ、もう少しで海が見えそう！　ほら、亜梨子！」

「どこからが海なのか、分かんないじゃない」

三人の少女がはしゃいでいた時だった。

「……はぁ……」

重い。

鉛《なまり》のように重苦しい嘆息《たんそく》が聞こえた。

身を乗り出した姿勢のまま、亜梨子たちの表情が固まる。

「……なんか……疲《つか》れちゃったな……」

一瞬《いっしゅん》、目に見えない亡霊《ぼうれい》が喋ったのかと思った。あまりの存在感の薄《うす》さに、その人物のことを忘れていたのだ。

シートの隅《すみ》——そこだけなぜか蛍光灯《けいこうとう》が故障したように点滅《てんめつ》している——に座った、というより、もたれかかった少女が呟《つぶや》く。

「……楽に、なりたいな……」

同席した長身の少女だ。寧子という名前しか知らないが、彼女は窓ガラスに額を押しつけ、生気のない瞳《ひとみ》で夜景を見下ろしている。

「……はぁ……」

ゴンドラ内部の温度が、急速に冷えていく。

「……」

亜梨子と恵那は押し黙《だま》り、窓から離《はな》れる。

「う、海が見えるまで、じっとしてようか。その……危ないし」

「そうね。あは、あはは、海が見えたら教えてね、恵那」

「どうかしたんですか、亜梨子さん？　恵那さんも」

空気の重さに耐《た》えきれず、ひきつった笑《え》みを浮《う》かべる亜梨子と恵那。多賀子だけが、不思議そうな顔で二人の顔を見比べている。

寧子の表情は、まるで人形のように感情が見えない。だが全身から重苦しい、いわゆる〝ワケあり〟のオーラを放っていた。

恵那が表情を輝《かがや》かせ、腰《こし》を上げる。

「あ！　あれ、灯台じゃ――」

「……はぁ……」

「どうでもいいよね……灯台なんて……」

指さしかけていた腕《うで》を下ろし、恵那がゆっくりと元の体勢へと戻《もど》る。色々な意味で動じることのない多賀子だけが「あら、ほんとうですね」と、楽しげに笑っている。

「……はぁ……」

静まりかえったゴンドラに、寧子の陰鬱《いんうつ》なため息だけが満ちていた。

3

「自殺とか、なさいませんよね……？」

「いざとなったら、止めるわよ……！」

顔を寄せ合った状態で、亜梨子たち三人が囁《ささや》きあう。だが直後、恵那が驚《おどろ》いた顔で亜梨子の背後を見た。

「あ、亜梨子！」

「え？」

振《ふ》り向くと、冷んやりとした感触《かんしょく》が亜梨子の喉《のど》に触《ふ》れた。氷を押しつけられたような冷たさに、全身が鳥肌《とりはだ》立つ。

寧子が、両手で亜梨子の喉に触れていた。亜梨子と寧子の顔が、間近で交錯《こうさく》する。

「なっ……？」

「声……」

「え？」

「出してみて……」

すぐ近くで、寧子の唇《くちびる》が動く。リップを塗《ぬ》っているのだろう、ピンク色に薄く光っている。

間近から見ると、寧子の瞳は色素が薄いことに気づく。黒というより茶色に近い。

「ナンデショウ……？」

硬直《こうちょく》したまま、ぎこちない声を出す。すると寧子はにっこりと微笑《ほほえ》み、亜梨子の首を絞《し》めていた手を離す。

「やっぱり……良《い》い声……」

満足げに呟き、またシートに腰を落とす。

「だ、大丈夫《だいじょうぶ》、亜梨子？」

「助けるどころか……こ、こっちが殺される……！」

「なんていうか……変わった方ですね」

「……はぁ……」

また沈黙《ちんもく》と、重い空気。

こ、こういうことだったのね——。

亜梨子は顔をひきつらせながら、心の中で納得《なっとく》していた。寧子には悪いが、彼女だけを残していった仲間たちの気持ちが、ほんの少しだけ分かったような気がした。

観覧車は頂上までの半分を越《こ》えたあたりだろうか。街の全景が一望できる高さに達していた。地上のネオンがまばらに瞬《またた》いている。

その時だった。

「きゃっ！」

亜梨子、恵那、多賀子の悲鳴が重なる。

突然《とつぜん》、大きな揺《ゆ》れが観覧車を襲《おそ》ったのだ。ゴンドラが激しく左右に揺れる。

「な、なに？」

恵那や多賀子と同様に壁《かべ》にしがみつきながら、亜梨子はとっさに観覧車を支える鉄柱を見る。イルミネーションが乱れ、点滅《てんめつ》していた。揺れながらも、観覧車の回転は止まらない。ゴンドラは上昇《じょうしょう》し続ける。

窓の外に、銀色の燐光《りんこう》が舞《ま》い降りた。

モルフォチョウだ。何かを警告するように、窓の外を8の字に旋回《せんかい》している。

「摩理……？」

亜梨子は眉《まゆ》をひそめる。

揺れは間もなく収まっていく。が、点滅は止まらない。窓の外の電球が火花を散らし、砕《くだ》け散った。多賀子の手を握《にぎ》った恵那が、不安そうに周囲《あたり》を見回す。

「な、なんだったの、今の……？」

静まりかえったゴンドラ内部に、あのため息がやけに大きく響《ひび》いた。

「……はぁ……」

亜梨子は、壁際《かべぎわ》に座る寧子を見た。恵那と多賀子が、ぞっとした顔をする。

寧子は別世界の住人のように、惚《ほう》けた表情で街並みを見下ろしていた。白い顔が、先ほどまでとは違《ちが》う異様さを秘《ひ》めていた。

微震《びしん》がゴンドラを揺らした。金属がこすれ合う音が、観覧車全体に伝わる。

「ど、どうして平気なのよぉ……」

恵那が、不気味そうに呟《つぶや》く。

寧子の唇が、動いた。

——リンゴーン、リンゴーン、海渡《うみわた》る鐘《かね》、彼《か》の大地へと届け……——。

「！」

亜梨子は、その一瞬《いっしゅん》の光景を見た。

壁によりかかる寧子の体から、霧《きり》のような何かが飛び出した。弾《はじ》けるようにして光輝《かがや》く輪郭《りんかく》を消したのは、翅《はね》を拡《ひろ》げたキリギリスに似た異形の怪物《かいぶつ》だった。六つの眼《め》が空気に溶《と》け込むところまでが見えた。

——輝きの福音《ふくいん》、蘇《よみがえ》りの子、鐘の音《ね》に誘《さそ》われる、リンゴーン、リンゴーン……——。

寧子が唇を動かしている。だが歌は、周囲の空気そのものから響いてくるようだった。声に重なり、『リィィ……ンン』という鈴《すず》の音に似た音が聞こえる。

観覧車の揺れが、激しくなっていく。恵那と多賀子は目の前の光景に声を失っていた。

窓の外をモルフォチョウがあわただしく舞う。

「あなた、まさか……」

亜梨子は、寧子を見つめる。

「虫憑《つ》き……?」

——寧子の唇が、笑《え》みの形に歪《ゆが》んだ。

「……虫憑き……?」

声を上げたのは、恵那だった。だがパニックに陥《おちい》りかけた彼女を制したのは、意外にも多賀子だった。恵那を抱《だ》きしめ「大丈夫《だいじょうぶ》ですよ。落ち着いて」と声をかける。恵那はハッとして、多賀子を抱き返す。

亜梨子と大助が出会った事件で発見された虫憑きは、多賀子の幼なじみだった。虫憑きを見たのがはじめてではないということと、本来の芯《しん》の強さが幸いした。多賀子が恵那をなんとか落ち着かせてくれたようだ。

揺れの強さに比例して、寧子の〝歌声〟も高まっていく。

「やめなさい！」

亜梨子はとっさに、寧子のシャツにつかみかかる。歌声が止まる。同時に、観覧車を襲っていた揺れが弱まっていく。

寧子が、ぼんやりと顔を上げた。生気の感じられない瞳《ひとみ》に、亜梨子は寒気をおぼえる。

「最期《さいご》に、この街を……いちばん高いところから見られて、よかった……」

歌声は止まったが、空気そのものが震《ふる》えるような音は鳴り続けている。

「この音は、あなたの仕業《しわざ》ね！　この観覧車をどうするつもり？　何をしているの？」

観覧車が揺れる。

寧子は微笑《ほほえ》み、口を開ける。

鈴の音が高まっていく。まるで寧子の喉《のど》が、周囲の空気を震わせているかのように。

病院で、大助から聞いた説明を思い出す。

虫憑きには三種類のタイプがいる。実体化した〝虫〟を下僕《げぼく》とする分離《ぶんり》型。〝虫〟が自分の体と同化して、超人的《ちょうじんてき》な身体能力を得る同化型。そして実体のない〝虫〟を意のままに操《あやつ》る特《とく》殊《しゅ》型である。そのどれもが、超常的な力を使う代償《だいしょう》として、みずからの〝夢〟を〝虫〟に喰《く》われていく。寧子の〝虫〟は、特殊型の虫憑きのようだ。

「やめなさいと言ってるでしょう！」

震動《しんどう》が小さくなっていく。鈴の音がボリュームを落としていく。

「見て……」

亜梨子に摑《つか》みかかられた体勢で、寧子が窓の外を見た。

警戒《けいかい》しながらも亜梨子は窓を見て、思わず息をのんだ。恵那と多賀子もまた、今の状況《じょうきょう》を忘れてその光景に見入っていた。

亜梨子たちの乗るゴンドラは、観覧車の最も高い位置に達していた。

地上に、星空が敷《し》き詰《つ》められていた。

真っ黒に塗《ぬ》られた一面に、輝きの粒《つぶ》が無数に散らばっている。本当の星空と違うのは、それらの一つ一つが血潮のように蠢《うごめ》いていることだ。色とりどりの輝きが、生きている証拠《しょうこ》として動き回っている。

「あそこ……」

こつん、と寧子の細い指先が窓を叩《たた》いた。

「あそこの下町で、わたしは育ったの。まだ木の電柱があるような、古い町。おじいさんやおばあさんばかりで、同じ年頃《としごろ》の子は数えるくらいしかいなかった……」

亜梨子たち三人の視線が、寧子を見る。

「あそこ……」

次に寧子が指さしたのは、線路や国道が密集する地域だった。亜梨子がよく利用する駅も、そこにある。

「中学生になった頃、下町から出たことがなかったわたしたちが、はじめて大勢の前で歌った場所……最初は、誰《だれ》も立ち止まってくれなかった。でも最近になって、何人かがわたしの歌を聴《き》いてくれるように……」

寧子の声が、かき消えた。すると鼓膜《こまく》を震わせていた鈴の音にノイズが走ったように聞こえた。揺《ゆ》れが観覧車を襲《おそ》う。

頂上から、ゴンドラが下降していく。

「ああ、広いなって思った……」

息をつき、再び寧子が語り出す。

「もっと、もっと広いところへ行こう……そう思った時、鐘《かね》の音が聞こえた……そしてわたしは、虫憑きになった……」

少女の吐息《といき》が、亜梨子の頰《ほお》にかかった。寧子の顔に、濃《こ》い疲労《ひろう》の色が浮《う》かんでいた。

寧子の様子を見て、亜梨子はいやな予感をおぼえる。

「まさか、あなた……〝虫〟に夢を……？」

自らに寄生した〝虫〟に夢を食い尽《つ》くされた虫憑きは、死に至る――それは人々の間で噂《うわさ》されている通り、事実だということは大助から聞いている。

「ね、ねえ、あれ……！」

窓にはりついた恵那が、外を指さした。亜梨子たちを乗せたゴンドラのはるか下、観覧車を支える最も大きな支柱に、まるで見えない何かに削《けず》られているかのように傷が刻まれていく。支柱に重なって、光り輝《かがや》くキリギリスの輪郭《りんかく》が見えたような気がした。

「でも、わたしたちは、もう戻《もど》れない……」

寧子が、微笑《びしょう》していた。亜梨子は訊《き》く。

「……どういうこと？」

「もう逃《に》げられないから……わたしたちは、追いつめられてしまった。彼ら、特別環境保全事務局に……」

亜梨子は目を見開いた。特別環境保全事務局は、大助が所属しているという機関だ。

「特別環境保全事務局……特環につかまった虫憑《つ》きは、必ず自分の〝虫〟を殺される……そうして〝欠落者〟になったら、もう二度と夢を見られない。歌うことができない……歌えなくなるくらいなら、生きている意味なんてないもの……」

「だから、私たちも道連れになさろうと？」

多賀子の言葉に、恵那が小さな悲鳴を上げる。

亜梨子はとっさに窓の外を舞《ま》うモルフォチョウを見た。――しかし、亜梨子の手にはモルフォチョウと一体化するための武器がない。そのうえ、実体がない寧子の〝虫〟に対して、どうやって対抗《たいこう》すればいいのか分からなかった。

地上に着きさえすれば、なんとかなるはずだ。特別環境保全事務局が来ているなら、大助もこの事態を知っているだろう。

「さっき、〝最期《さいご》に〟って言ったわね。ここで見つかると、どうして分かったの？」

時間を稼《かせ》ぐため、亜梨子は寧子にたずねる。少女が微笑《ほほえ》んだ。

「わたしたちの前に、ゴンドラに乗った人たちがいるでしょう？　彼らが特環と話しているのを、聞いてしまったから……ここでわたしの逃げ場を失わせるかわりに、彼らは助けてもらえるみたい……逃げてる最中だったのに、ここへ来ようと言ったのも彼ら……」

亜梨子は絶句した。乗車前の、仲間たちの寧子を突《つ》き放すようなあの態度。あれは、寧子を一人にするための――。

状況《じょうきょう》を忘れ、亜梨子は声を荒《あら》らげる。

「裏切ったってこと？　あの人たちは、あなたの仲間じゃないの？」

だが寧子は無言で微笑むだけだ。亜梨子の中に激しい怒《いか》りがわき上がる。

「どうして、逃げなかったの！　ワナだと知っていたんでしょう？　どうして……仲間に裏切られたっていうのに、どうして笑っていられるのよ！」

「人を、信じたことがある……？」

寧子が、亜梨子の目を見つめ返す。その表情には、誰に対する怒りや憎《にく》しみも感じられなかった。あるのは、深い悲しみ――。

「裏切られた。そう思ったことは、ある？」

亜梨子は言葉を詰《つ》まらせた。

花城摩理――。

亜梨子は、摩理のことを親友だと思っていた。学校の友人たちよりも、ずっと多くのことを語り合ったつもりだった。

ホルス聖城学園の中等部に入学して以来、いちども登校していない同級生。それが花城摩理だった。友人を作り、当たり前のように学園生活を送っていた亜梨子の視界に、空っぽの席がいつも入っていた。

――ごめんなさい。私、クラスメートの名前も顔も分からなくて……。

ある日、突然《とつぜん》に見舞《みま》いに訪《おとず》れた亜梨子と摩理との会話は、自己紹介《しょうかい》から始まった。

以来、亜梨子は毎日のように摩理の見舞いに訪れた。よく笑ったことはおぼえているが、何を話したのかはおぼえていない。時間ならいくらでもあった。亜梨子は摩理になんでも話したし、摩理もそうであると信じていた。

だが、違《ちが》った。

摩理は無言で姿を消し、残されたモルフォチョウの存在で、亜梨子は摩理が虫憑きであったことを知った。

「裏切られたと思った時、あなたはどうするの……？」

寧子が、亜梨子を見た。そして恵那、多賀子と視線を移していく。

「あなたは？　怒《おこ》る？　それとも、涙《なみだ》を流す？　絶望して、何もできなくなるかもしれない……信じていた思いが強いほど、裏切られた時、色々なものが変わるのかもしれない」

金属が叩《たた》かれる音が響《ひび》く。揺《ゆ》れが激しさを増していく。息をのむ亜梨子たちの顔を見て、寧子が不気味な微笑《びしょう》を浮《う》かべる。

「そして、わたしは……どうすると思う？」

「お願いだから、もうやめて……！」

耐《た》えきれなくなったように、恵那が叫《さけ》ぶ。

直後、亜梨子は目を見開いた。

「な──」

窓の外、ゴンドラから見える空に、無数の異形の怪物《かいぶつ》たちが現れた。翅《はね》のようなものを羽ばたかせ、なかにはそれすらもせずに宙に浮かんでいるものもいる。共通しているのはどれもが醜悪《しゅうあく》な外見をしていて、昆虫《こんちゅう》に似ているということだ。

怪物たちが、亜梨子たちの乗るゴンドラに向かって襲《おそ》いかかる。

「きゃあああああっっ！」

悲鳴を上げる恵那を、多賀子が抱《だ》きしめる。

何体もの〝虫〟が、いっせいにゴンドラに体当たりを喰《く》らわせた。

「……っっ！」

前後も分からないほど、強烈《きょうれつ》な揺れがゴンドラを襲う。窓ガラスが割れ、ドアがひしゃげて中にいる亜梨子たちを傷つける――ことは、なかった。

亜梨子は、自分の目を疑った。亜梨子だけではない、抱き合う恵那と多賀子もまた、状況を忘れてその光景に見入っていた。

自分たちが乗るゴンドラが、破壊《はかい》された直後の光景でピタリと停止していた。

――リンゴーン、リンゴーン、永遠の風、おお、その陽《ひ》を見よ――。

歌声が、聞こえた。

割れたガラスが、曲がった壁《かべ》が、逆戻《ぎゃくもど》しされていくように元の形を取り戻していく。ゴンドラが淡《あわ》い輝《かがや》きに包まれ、完全に元の状態へと戻る。

「え……？」

亜梨子は、無意識に呟《つぶや》く。

「誰《だれ》かが、私たちを守ってくれた……？」

空を舞《ま》う〝虫〟たちも、意外だったようだ。動揺《どうよう》したように宙を彷徨《さまよ》っていたが、すぐに思い出したように攻撃《こうげき》を再開する。

「いやあっ！」

また激しい震動《しんどう》が観覧車を襲った。だが、同じ現象の繰《く》り返しだった。ゴンドラが壊《こわ》れた直後、淡い輝きを纏《まと》って修復されていく。

「違う——」

観覧車を支える支柱を見下ろし、亜梨子はようやく事態を理解した。

鋭《するど》い、大きな爪《つめ》が見えた。虚空《こくう》から生えた何本もの爪が、金属の支柱を激しく攻撃している。対して、光り輝くキリギリスの輪郭《りんかく》が、爪と戦うようにして支柱をかばっているのが見えた。鈴《すず》の音が鳴るたびに、削《けず》られた柱が再生するように元の姿を取り戻していく。

「私たちを守っていたのは、あなた……？」

「巻き込んで、ごめんなさい……」

寧子の顔が、辛《つら》そうに歪《ゆが》んだ。力を使い続けたために、消耗《しょうもう》しているのだろう。

「せめて、あなたたちだけで……も——」

言葉の途中《とちゅう》で、寧子の目から生気の光が途切れる。だがそれは一瞬《いっしゅん》のことだった。寧子が奥歯を噛《か》みしめ、意識を取り戻す。

「なんとか……地上に……」

「……！」

亜梨子は握《にぎ》りしめた拳《こぶし》に、力を込める。

――なんか……疲《つか》れちゃったな……。

寧子は、観覧車に乗った時から、すでに疲れ果てていたのだ。ここまで逃《に》げてくるのに必死だったのだろう。だが彼女は、亜梨子たちを巻き込むまいと最期《さいご》の力を振《ふ》り絞《しぼ》っているのだ。〝虫〟の力を使い、自らの夢を〝虫〟に喰い尽《つ》くされる――それが、死を意味することを知っていながら。

「……最初から、私たちを攻撃していたのは特環だったんですね」

恵那を抱きながら、多賀子が言う。

「この観覧車には、無関係な人も大勢乗っているはずですのに……」

「彼らは……容赦《ようしゃ》ないから……」

「どうして……あなたみたいな人が、狙《ねら》われるの？」

亜梨子には、寧子が悪い存在には見えなかった。追われ、裏切られ、それでも寧子は亜梨子たちを助けるために力を使っている。

「虫憑《つ》きだから、でしょうね……」

「そんなの……！」

「あなたは、虫憑きと会ったことがあるのね……その中に、危険な人はいなかったの？」

寧子の問いに、亜梨子は言葉をつまらせる。

播本潤。大助と出会うきっかけともなった、摩理以外にはじめて知った虫憑き。彼は〝虫〟

の力を使って人々を傷つけた。

「わたしたちは、虫憑きというだけで危険なのかもしれない……わたしたちは、何があっても心の奥では何も変わらないから……」

「……そんな理由で、納得《なっとく》できるわけないでしょう！　すぐにやめさせるわ！」

亜梨子は携帯《けいたい》電話を取り出し、大助の番号を押す。地上のどこかにいるはずだ。だが、彼が電話に出ることはなかった。

「そう、特環の中に知ってる人がいるの……その人も、きっと辛いでしょうね」

寧子の言葉は、亜梨子にとって信じられないものだった。今まさに攻撃されている相手のことを、寧子は辛いと言う。

「なんで、そんなことが分かるの？　あいつに会ったこともないのに！　あいつは他人のことなんて――」

「分かるわ。わたしも虫憑きだもの……」

寧子が、嘆息《たんそく》とともに言う。

「なにかと戦っていない虫憑きなんて、いないわ……」

亜梨子は、思い出す。

病院で見た、大助の疲れ切った顔。口では平静を装《よそお》っていたが、一瞬だけ見えた彼の横顔はひどく辛そうに見えた。彼もまた、なにかと戦い続けているのだろうか？

「虫憑きって……いったい、何なのよ……！」

携帯電話を閉じ、声を絞り出すようにして亜梨子が吐《は》き出す。

「私には、分かんないわ！　虫憑きの誰の気持ちも、分からない！」

亜梨子たちのゴンドラが、間もなく地上に到着《とうちゃく》しようとしていた。だが、観覧車の揺《ゆ》れは最高潮に達していた。さらに、ゴンドラを覆《おお》う淡い輝きが薄《うす》まりつつあった。

「ご……めんなさ……わたし……もう……」

寧子の瞳《ひとみ》が、色を失いつつあった。割れたガラスが、ついにゴンドラ内に散らばる。

「なんとか……なんとかしないと……！」

体当たりを続ける〝虫〟たちを睨《にら》み、亜梨子は奥歯を噛む。モルフォチョウが一体化するための武器さえあれば反撃《はんげき》ができるのだが、そうそう都合良く棒が転がっているわけもない。

ゴンドラは地上のすぐそばまでやってきていた。だが、このままでは降車口に到着する前に、観覧車が破壊《はかい》されてしまう——。

その時だった。

ピタリ、と特別環境保全事務局の攻撃《こうげき》がやんだ。ゴンドラを襲《おそ》っていた〝虫〟たちが、何者かの攻撃を受けて地上に墜《お》ちていく。

不意を突《つ》く形で、ゴンドラを包囲していた〝虫〟たちに逆に襲いかかっているのは、やはり翅《はね》を拡《ひろ》げた〝虫〟たちだ。

逆襲《ぎやくしゆう》する〝虫〟の数は、四体。──寧子の仲間と、同じ数である。

「裏切ったんじゃなかったの？」

寧子が、目を閉じた。汗《あせ》が浮《う》かんだ彼女の口許《くちもと》が、ほころんでいた。

──わたしは、どうすると思う？

ついさっき、寧子が口にした言葉を思い出す。亜梨子は唇《くちびる》を噛《か》みしめる。

「裏切られても……あなたは何も変わらなかったっていうの……？」

寧子が微笑《ほほえ》んだ。

裏切られても、彼女は何も変わらなかった。怒《おこ》ることもなく、憎《にく》むこともなかった。

──虫憑きは、心の奥では何も変わらないもの……。

裏切りが偽《いつわ》りだったことを知っていたわけではないだろう。本当に裏切られたと思っていたはずだ。だが、それでも寧子は──。

「あなたは、信じ続けた……！」

「最期《さいご》に……綺麗《きれい》な街が見られ……て、よかった……」

寧子の長身が、シートに沈《しず》む。彼女の瞳に映る夜景が、急速に色あせていく。

四体の〝虫〟たちの奇襲《きしゆう》によって、特別環境保全事務局の〝虫〟たちは次々と打ち倒《たお》されていく。恵那が顔を上げた。

「助かった……の……？」

ゴンドラが、地上に到着しようとしていた。

「……！」

激しい揺れの中で、亜梨子は窓の外を舞《ま》う一匹《ぴき》の〝虫〟を見た。

緑色の翅を羽ばたかせた、異様に触角《しょっかく》の長いかっこう虫だ。

この〝虫〟は――。

緑色のかっこう虫が、姿を消す。

「簡単に〝最期〟なんて言うのは、やめなさい……！」

砲撃音《ほうげきおん》が、響《ひび》いた。

大砲でも撃《う》ったかのような轟音《ごうおん》だ。夜空を飛んでいた四体の〝虫〟たちが、翅を撃ち抜《ぬ》かれて地上に落下していく。

「み……んな……！」

寧子が、目を見開いた。

「戦い続けるのが虫憑《つ》きだというのなら、本当の最期まで戦い続けてみせなさい！」

摩理の笑顔が思い浮かんだ。

亜梨子の親友は戦うことすらできなかった。

――いや、それすらも違《ちが》うのかもしれない。戦うことを諦《あきら》めたから、彼女はこの世を去ったのかもしれない。

今となっては真相を知ることができない。亜梨子にできることは、たった一つだった。

信じること。

裏切られたことを知ってなお、信じ続けた寧子のように。

そのことを教えてくれた寧子を、ここで諦めさせるわけにはいかなかった。

ゴンドラが、地上に到着する。

直後、外側から強引《ごういん》にゴンドラの入り口が開け放たれた。

――そこにいたのは、黒色の悪魔《あくま》だった。

4

髪《かみ》を逆立て、ゴーグルで顔の大半を覆い隠《かく》し、漆黒《しっこく》のコートを翻《ひるがえ》した人物が佇《たたず》んでいた。片手に握《にぎ》っているのは、赤い眼《め》を輝《かがや》かせた〝何か〟と一体化した大型の自動式拳銃《けんじゅう》だ。

悪魔が持つ拳銃から、無数の触手《しょくしゅ》が飛び出した。それらは瞬時《しゅんじ》に悪魔の身体《からだ》に巻きついていく。ゴーグルをかぶった悪魔の頬《ほお》に、緑色の模様が浮かび上がる。

「寧子っ！」

ゴンドラと悪魔の間に、傷ついた四体の〝虫〟が割って入った。

黒い悪魔が、立ちはだかる〝虫〟たちに向けて拳銃を構える。

「やめ……て――」

寧子が顔を歪《ゆが》め、手を伸《の》ばす。

「やめさせるっ！」

亜梨子が吼《ほ》えた。

モルフォチョウが、開け放たれたドアからゴンドラに舞い込む。

モルフォチョウは亜梨子が握った金属の取っ手に降り、全身から銀色の触手を伸ばしていた。

触手は一瞬にして取っ手をひきちぎり、自らの躰《からだ》を変形させて巻きついていく。

銀光を放つ四枚の翅が開いた。一対《いっつい》が刃《やいば》と化し、残る一対は銀色の鱗粉《りんぷん》をまき散らす。

漆黒のコートを纏《まと》った人物が握る拳銃が、業火《ごうか》を噴《ふ》いた。

「……っっ！」

亜梨子が〝虫〟たちの前に躍《おど》り出る。直前で、手にした槍《やり》で銃弾《じゅうだん》を遮《さえぎ》る。

衝撃《しょうげき》が、ゴンドラを突《つ》き抜けた。

誰《だれ》かの悲鳴が聞こえたような気がした。だがそれも衝撃音にかき消され、すぐに聞こえなくなる。開け放たれたドアが吹き飛び、シートを残して屋根が無惨《むざん》に打ち砕《くだ》かれる。

「ちっ……！」

舌打ちとともに、黒い悪魔――大助が〝虫〟めがけて拳銃を構えなおす。

「やめなさいっ！」

怒鳴《どな》り、亜梨子は返す刀で槍を頭上から振《ふ》り下ろす。

「くっ……！」

ぎりぎりのところで、大助が拳銃のグリップで槍の腹を叩《たた》く。

槍が軌道《きどう》をそれ、大助の足元の地面に打ち込まれる。直後、銀色の鱗粉が周囲にはじけ飛んだ。アスファルトの粉塵《ふんじん》をまき散らし、地面が爆発《ばくはつ》したように巨大《きょだい》な亀裂《きれつ》が走る。

爆発がやむと、静寂《せいじゃく》が周囲を包んだ。

観覧車がある広場は、閑散《かんさん》としていた。どんな手段を使ったのか、ゴンドラが一周する間に一般人《いっぱんじん》は残らず避難《ひなん》させられたようだ。

かわりに亜梨子たちを包囲しているのは、大助と全く同じ格好をした人々だった。彼らが特別環境保全事務局なのだろう。

「寧子！」

破壊《はかい》されたゴンドラに、四人の男女が駆《か》け寄った。年代は全員、寧子と同じくらい。金髪《きんぱつ》に染めた少年を先頭に、メガネをかけた少年、筋肉質でいかつい体つきをした少年、ベリーショートの髪をした少女の四人だ。寧子をかばうように、間に割って入る。

「みん……な……」

生気を失い濁《にご》った瞳《ひとみ》で、寧子が仲間たちの顔を見上げる。向かいのシートでは、恵那と多賀子が気を失っていた。外傷はないが、張りつめていた気が解《ほど》けてしまったのだろう。

「すまん……もっとうまくやるはずだったのに……！　あの化け物さえいなけりゃ……！」

「夜森《よもり》寧子を売り渡《わた》したと見せかけて、背後から奇襲《きしゅう》をかける……逆に俺たちをワナにはめたつもりだったのか？」

亜梨子と睨《にら》みあったまま、大助が言い放つ。その声は普段《ふだん》の彼とは別人としか言いようがないほど冷淡《れいたん》だ。今の姿が、特別環境保全事務局の一員としての本来の姿なのだろう。

寧子の仲間たちが、自分たちの〝虫〟とともに大助と向かい合う。

「逃《に》げろ、寧子！　こいつらは、俺たちがなんとかする！　せめて道連れに……！」

「寧子、せめてアンタだけでも……！」

盾《たて》となろうとする仲間たちを、寧子は辛《つら》そうな顔で見ていた。

「逃げられると、思ってるのか？」

だが、拳銃を構えようとした大助に、亜梨子が槍をつきつける。

「……なんのつもりだ」

「どうして、彼らを狙《ねら》うの？」

「こいつらが、虫憑《つ》きだからだ。どっちにしろ、一人も逃がすつもりはなかった。全員、〝虫〟を殺して欠落者にしてから連行する」

「そんなこと、させるものですか」

「どうしてお前が連中をかばう？」

亜梨子は、大助を睨みつける。

「〝虫憑きだから〟……？」

大助から視線を外し、寧子を見る。彼女は青い顔で、亜梨子を見上げていた。

「そんな理由で戦ったり、諦《あきら》めたり……そんなの、私にはただの言い訳にしか聞こえないわ。とても気に入らない」

「お前は虫憑きじゃないからな」

言い、大助が拳銃を持たないほうの手を持ち上げる。彼の背後に控《ひか》えていた黒コートたちが、いっせいに攻撃《こうげき》態勢に入る。反射的に、寧子の仲間たちも身構える。

亜梨子もまた、槍を握《にぎ》る手に力を込めた。戦う覚悟《かくご》は、すでに決めている。

大助がかざした手を振り下ろそうとした、まさにその直前だった。

「……戦う……」

寧子の声が、沈黙《ちんもく》を破った。

「そう……わたしたちは、まだ戦い続けることができるかな……」

長身の少女の目は、亜梨子を見ていた。

「たとえ、それがどんなに辛くても……自由を奪《うば》われることになっても……生きていさえすれば、いつかきっとまた歌える……はずだよね……文字通り、悪魔《あくま》に魂《たましい》を売ってでも、生き続けてさえいれば……」

その場にいる全員の視線が、寧子に集まる。

今にも張りつめた空気が弾《はじ》けそうな空気の中、寧子が深いため息をこぼす。同じため息のはずなのに、亜梨子にはゴンドラの中で聞き慣れたものとは違《ちが》うように感じた。

大助に向かって顔を上げた寧子の表情には、決意の色が込められていた。

「ねえ、あなた……あなたたちに捕《つか》まると、わたしたちは欠落者になるしかないの？　それとも……そう、もしかしたら、あなたたちみたいに——」

5

——地上に、星空が敷《し》き詰《つ》められていた。

真っ黒に塗《ぬ》られた一面に、輝《かがや》きの粒《つぶ》が無数に散らばっている。本当の星空と違うのは、それらの一つ一つが血潮のように蠢《うごめ》いていることだ。色とりどりの輝きが、生きている証拠《しょうこ》として動き回っている。

ついさっき、同じ光景を見たばかりだ。それなのになぜか、綺麗《きれい》な夜景は他人事《ひとごと》のようにそっけなく見える。

あんなに美しく見えたのは、寧子がいたからだろうか。街の灯《ひ》を誰《だれ》よりも美しいと感じていた彼女がいたからこそ、亜梨子たちにも彼女と同じ光景が見えたのかもしれない。

亜梨子と大助は、上昇《じょうしょう》するゴンドラの中にいた。

「寧子さんたち、これからどうなるの？」

「〝ねね〟」

「……？」

「あいつにはもう、コードネームが与《あた》えられてる。特殊《とくしゅ》型の、それも復元能力を持つ虫憑きは貴重だからな。たぶん、上の連中も納得《なっとく》するはずだ。仲間の四人は……本来なら、あの程度の能力じゃ有無《うむ》をいわさず欠落者にされてるところだけど、〝ねね〟を特環に縛《しば》り付ける意味でも受け入れられるだろう。せいぜい、コキつかわれるだろうけどな」

特別環境保全事務局の一員となる――それが、寧子が選んだ決断だった。

大助は、彼女の要望を意外にもあっさり受け入れた。理由は今、彼が言った通りである。寧子の能力には、そうとう手を焼いていたらしい。攻撃力は皆無《かいむ》だが、傷ついてもたちまち回復してしまうからだ。だから特環は、寧子の仲間を使って逃げ場のない観覧車に誘《さそ》い、消耗《しょうもう》させる作戦に切り替《か》えた。たまたま近くにいた大助にも命令が下された。一方、寧子の仲間たちは逃げられないと悟《さと》り、作戦を逆手に不意を突《つ》くことを考えた――。

今、亜梨子たちが乗っている観覧車は、寧子の力によって修復されたものだ。あの後、すぐに寧子がまた歌い出したのだ。大助は「余計なことで力を使うな」と止めたが、

──綺麗な街を、もっと人に見てもらいたいから……。

と微笑《ほほえ》み、亜梨子を見て言った。

──ありがとう……。

何が〝ありがとう〟なのか分からなかったが、とにかく寧子は生き続ける決意をしたようだ。

間もなくすると、どこに避難《ひなん》させられていたのか、何事もなかったかのように観覧車に客が戻《もど》りだした。その場に残った亜梨子と大助だが、少年は無言で観覧車の列に加わった。亜梨子は怪訝《けげん》に思いつつも、彼の横に並んだ。

恵那と多賀子は、いまごろ自宅に到着《とうちゃく》しているはずだ。あのあと、連絡《れんらく》をうけた多賀子の家の使用人がやってきて、気を失ったままの多賀子と恵那を連れて帰っていった。

夜景を望む亜梨子の視界に、銀色の光が舞《ま》い降りた。モルフォチョウだ。そのはるか向こうに、摩理がいた病院の明かりが見えた。

「そっか……よかった、のかな？」

亜梨子が口にした時だった。

水面に落ちた滴《しずく》のように。病院の明かりを見る亜梨子の瞳《ひとみ》に、波紋《はもん》が拡《ひろ》がった。

──綺麗だね、あの観覧車──。

「……亜梨子？」

異変を感じたのか、大助が亜梨子を見る。

だが彼の声は、亜梨子に届いていなかった。閃光《せんこう》のように、ある記憶《きおく》が蘇《よみがえ》る。


――じゃあ、退院したらいっしょに行こっか！


モルフォチョウ。それに、観覧車。

あの日、病院の窓を背に言ったのは自分。

いや、違う。

言ったのは、一之黒亜梨子という少女。


――うん。約束――。


頷《うなず》いたのは、自分。花城摩理。

摩理は、その約束を楽しみにしていた。

〝先生〟にそのことを話したら、彼も嬉《うれ》しそうに笑ってくれた――。

「〝先生〟……？」

摩理の口から、呟《つぶや》きが漏《も》れる。

「亜梨子？」

「……！」

大助の声で、亜梨子は我に返る。

なに……？　今のは――。

ふと頭をよぎった光景に、亜梨子は違和感《いわかん》をおぼえる。

昔の、記憶？　違《ちが》う……私は、私を見ていた――。

「う、ううん、なんでもない」

「……今さら、ヤツらのことを気にしてもどうしようもないだろ。あの女たちが、自分でそう決めただけだ。でも……」

亜梨子の様子を見て、寧子たちの身を案じていると思ったのだろう。それまで無表情に夜景に見入っていた大助が、亜梨子を睨《にら》む。

「ガキの遊びじゃないんだ。中途半端《ちゅうとはんぱ》なヤツが仲間になると、迷惑《めいわく》するのはオレたちなんだよ。……ったく、関係ないくせにどこかのバカが割り込んでくるから……」

大助の口《くち》振《ぶ》りに、亜梨子は今しがた思い出した光景を忘れ、ムッと唸《うな》る。

「じゃあ、どうしろっていうのよ」

「何もするなって言ってんだよ」

「それが気に入らないって言ってるんじゃない」

「お前のは、ただのワガママなんだよ。はぁ……これだから世間知らずのお嬢様《じょうさま》は……」

「なによ、カッコつけちゃって。本当は恵那たちに抱《だ》きつかれただけで真っ赤になるよーな、ただのエロガキのくせに」

「あ、あれは関係ないだろ！　第一、西園寺さんたちじゃなくお前みたいなペタンコだったら、赤くなんて――」

「亜梨子パンチ！」

「何度もくらうか！」

拳《こぶし》をよけた大助の手刀《しゅとう》が、亜梨子の顔面を打つ。鼻をおさえ、亜梨子は眉《まゆ》をつり上げる。

「たっ……叩《たた》いたわね！　この私の、しかも顔を……！」

「な、なんだよ、お前だっていつも……！」

二人の取っくみあいは、観覧車が一周して係員に止められるまで続いた。

月浮《う》かぶ夜空に、鈴《すず》の音の名残《なごり》が響《ひび》いた。

03. 夢沈む休日

MUSHIUTA bug 1st.

一之黒亜梨子の朝は、痛みと愚痴《ぐち》で始まる。

冷たい朝の冷気は、強く打ちつけた肩《かた》に染《し》みた。中庭でさえずる鳥の鳴き声は、しかめっ面《つら》をした亜梨子を笑っているかのようだ。

「毎朝毎朝、死ぬ思いをする中学生なんていないわよ」

板張りの床《ゆか》は、氷のように冷たい。裸足《はだし》で踏《ふ》みつけるたびに、ギシギシと音がする。

一之黒家には本邸《ほんてい》と別邸があり、さらに離《はな》れとして稽古場《けいこば》がある。亜梨子と両親、祖父が住んでいるのは本邸で、使用人や代々の師範代《しはんだい》は別邸に住み込んでいる。

道着と袴《はかま》姿の亜梨子は、不機嫌《ふきげん》顔で本邸への渡《わた》り廊下《ろうか》を歩いていた。一之黒家の旧《ふる》き風習である、早朝の稽古を終えたところである。

「この科学の時代に、時代遅《おく》れの護身術なんてなんの役にもたたない——」

「おはようございます、お嬢様」

別邸を通り過ぎようとして、割烹着《かっぽうぎ》姿の女性とすれ違う。祖母、母、娘《むすめ》の三代で一之黒家の身の回りの世話を務めてくれているうちの、娘である。

「おはよう」

仏頂面で通り過ぎようとして、振り返る。

——役に立ってるわ……悔《くや》しいことに。

ここ最近の自分を取り巻く環境《かんきょう》を思い出し、渋々《しぶしぶ》と認める。

「大助は？　もう起きてるの？」

「いいえ、まだ寝《ね》ていらっしゃると思いますけど」

ピクリ、と亜梨子の眉《まゆ》が動く。「まだ朝も早いですから」という女性の言葉を聞くよりも先に、亜梨子は足早に歩き出す。

渡り廊下を突《つ》き進み、本邸へ入る。障子が並ぶ古くさい廊下を歩いていく。

一之黒家の本邸には今、亜梨子の家族以外に一人の珍客《ちんきゃく》が住んでいる。

彼が亜梨子と同居するにいたった経緯《けいい》は複雑だが、そんなことよりも——。

「居候《いそうろう》のクセに、ご主人様より遅《おそ》く起きるなんて許せないわ」

一枚の障子の前で、立ち止まる。

こっそりと障子を開く。薄暗《うすぐら》い部屋の真ん中に、布団《ふとん》の中で寝息を立てる少年がいた。

薬屋大助だ。

ある事件で亜梨子と出会い、彼女を監視《かんし》する目的で同じ学校へ通う少年である。

「シアワセそうな寝顔が、いっそうムカつくわね」

こっそりと部屋に入り、隅《すみ》へ移動する。深呼吸をして、タイミングをはかる。

「悶《もだ》え苦しみなさい！　亜梨子ダイビ――」

助走をつけ、布団の上に身を投げ出そうとした時だった。

「……ふゆ……ほたる……」

少年の口が、動いた。大助の顔が一瞬《いっしゅん》、辛《つら》そうに歪《ゆが》んだのが分かった。

ピタリと亜梨子は動きを止める。

「ふゆほたる……？」

聞いたことのない単語だ。彼が苦しげな顔をするのを、亜梨子ははじめて見た。

「大助に、こんな顔をさせるなんて……〝ふゆほたる〟って、一体……？」

神妙《しんみょう》な顔をしながら、亜梨子は再び布団から距離《きょり》を置く。

「――まあ、それはそれとして」

コホン、と一つ咳払《せきばら》いをする。

「あらためて、ご主人様の天誅《てんちゅう》をくらいなさい！　亜梨子ダイビング！」

勢いをつけて、亜梨子が布団の上に身を投げ出す。

朝の本邸に、苦悶《くもん》の悲鳴が響《ひび》いた。

1

ホルス聖城学園中等部の昼休みは長い。

一時間近くある休憩《きゅうけい》時間を、生徒たちは思い思いに過ごす。グラウンドに出て体を動かす生徒や、図書室やパソコンルームなどの施設《しせつ》を利用する生徒、教室で談笑《だんしょう》する生徒など様々だ。

一之黒亜梨子、西園寺恵那、九条多賀子の三人は、教室に残る派である。

亜梨子は朝の稽古だけで運動はたくさんだし、多賀子はパソコンはおろか機械製品全般《ぜんぱん》にうとい。恵那はどちらも人並み以上にこなすが、必要以上にのめりこむことはない。

薬屋大助もまた、教室に残っていた。数人の男子の輪にまざり、談笑している。

「いつの間にか、薬屋くんもすっかりクラスになじんじゃったわよねぇ。ちょっとさびしいっしょ、亜梨子？」

前の席に座った恵那が、からかい口調で言う。その様子は以前とまったく変わらない。

——恵那がある事件に巻き込まれたのは、数日前のことだ。

亜梨子と多賀子とともに、市内の名所である観覧車を訪《おとず》れた。事件はそこで起きた。

〝虫〟——。

少年少女に取り憑《つ》き、夢や希望を喰《く》って成長する存在。それは噂《うわさ》の一言ですませるには、世間に浸透《しんとう》しすぎた怪物《かいぶつ》だ。〝虫〟に取り憑かれた人々は虫憑きと呼ばれ、恐怖《きょうふ》の対象となっている。観覧車で、恵那はその〝虫〟を目《ま》の当たりにしてしまったのだ。

亜梨子や多賀子は、〝虫〟を見たのは初めてではない。そもそも多賀子の幼なじみが虫憑きとして暴れた事件で、亜梨子は大助と出会ったのだ。大助は特別環境保全事務局——〝虫〟を噂通り〝なかったもの〟として秘密裏《ひみつり》に捕獲《ほかく》するための組織の一員である。

恵那は〝虫〟を見た晩、気を失ったまま帰宅した。だが翌日には、いつも通り登校してきた。

亜梨子がおそるおそる声をかけると、彼女は「あんな化け物、もう二度と関《かか》わりたくないわ」と嫌悪感《けんおかん》を剥《む》き出しに言い放ったきり二度と〝虫〟の話題に触《ふ》れなかった。

特別環境保全事務局からも口外無用の要請《ようせい》があったことは予想できるが、本人にも〝虫〟と関わり合う気はないようだ。亜梨子に取り憑いたモルフォチョウはもちろん、大助の正体がバレないよう気をつける必要がある。

「……」

亜梨子は牛乳のパックに差したストローを噛《か》み、じっと大助を凝視《ぎょうし》する。

薬屋大助という少年は、どこから見ても普通《ふつう》の中学生以上でも以下でもない。平凡《へいぼん》な外見に加え、誰《だれ》とでも気軽に話す社交的な性格。

だがそれはあくまで表面上にすぎないことを、亜梨子は知っている。亜梨子と接する時の彼の態度は学校での彼とはまったく違《ちが》うし、特別環境保全事務局のエージェントとしての彼はまさに容赦《ようしゃ》のない悪魔《あくま》そのものだ。

「亜梨子さん？」

不思議そうに、多賀子が首を傾《かし》げる。

「心を開いてないわ！」

ダンッ！　と亜梨子は牛乳パックを机に叩《たた》きつける。

恵那と多賀子が、きょとんとした顔で亜梨子を見る。

「心を開いてないというのは……大助さんのことですか？」

「そう？　ごく自然な態度に見えるけど」

「分かってないわ、二人とも！　家にいる時のアイツなんて、どこのチンピラかってくらい性格ワルイんだから！　今朝も私がちょっと寝起《ねお》きにジャンピングプレスかけたくらいで、ずっと口をきこうとしなかったし！」

「それは……薬屋くんのほうの気持ちが分かっちゃダメかなぁ」

「大助さん、かわいそうに……」

ため息をつく恵那と多賀子を、亜梨子は睨《にら》みつける。

「場所と相手によって態度を変えるのは、アイツが誰にも心を開こうとしてない証拠《しょうこ》なのよ！　このままじゃ、ダメだわ。私がアイツの仮面をはぎとってあげないといけないの！」

「なんで亜梨子が、そんなにやる気を出すわけ？」

「ご主人様として、下僕《げぼく》を苦しみから解き放ってやる使命があるのよ！」

拳《こぶし》を握《にぎ》る亜梨子に対し、多賀子が「そうなのですか？」と首をひねる。恵那はにやにやと笑いながら「オモシロそうだから、いいんじゃない？」と言う。

亜梨子が大助と同居をはじめて、一カ月が経《た》とうとしていた。

だが亜梨子は彼のことを知るどころか、謎《なぞ》が深まっていく一方だ。特別環境保全事務局とは何なのか。彼はどうして、あんなにも冷徹《れいてつ》に虫憑きを捕獲することができるのか。裏腹に、普段はなぜ明るく振《ふ》る舞《ま》えるのか。

亜梨子が大助のことを気にするのは、理由があった。

今は亡《な》き親友、花城摩理。

彼女は虫憑きだったが、亜梨子はそのことを知らなかった。

摩理の死後、彼女の〝虫〟が亜梨子のそばにいるようになった。それによって、摩理が虫憑きであったことを知ったのだ。

亜梨子は〝虫〟が一体なんなのか、知りたい。〝虫〟を知り、虫憑きを知ることができれば、摩理がかつて何を想《おも》っていたのか知る手がかりになると思うのである。

そして今、亜梨子の最も身近にいる虫憑きこそ、薬屋大助なのだ。

「私は今ここに！　大助改造計画を宣言します！」

力説する亜梨子に、恵那と多賀子が「おおー」と拍手《はくしゅ》する。

「で、内容は？」

「もちろん、これから考えるのよ！　さあ、どんどん提案していってちょうだい！」

「私たちも、考えるんですね」

少女三人が顔をつきあわせ、思案する。

その時、大助とクラスメートの会話が亜梨子の耳に入った。

「あのさ、薬屋くん。明日ヒマ？」

談笑《だんしょう》していた大助に声をかけたのは、御林《みはやし》という童顔の男子生徒だ。人あたりの良い笑顔《えがお》で、にこにこと微笑《ほほえ》んでいる。

「え？　どうして？」

「となりの氷鉋《ひがの》市に、うちの姉妹校《しまいこう》でエミリア女学院っていうのがあるんだ。そこの女子と親《しん》睦《ぼく》を深める会があるんだけど、男子の数が足りないんだよ。よかったら、どう？」

「それって要するに、合コンってやつじゃ……第一、どうしてオレなわけ？」

「薬屋くんっていいヤツそうだから。前に出てこないタイプっていうか……ヘンにでしゃばるヤツには、参加してほしくないからね」

邪気《じゃき》のない笑顔ではっきりと言う御林。

ようするに主役は自分と言いたいのだろう。露骨《ろこつ》な言い方だが、幼い顔立ちと明るい笑みで嫌《いや》みが半減している。大助が苦笑する。

「せっかくだけど……オレはそういうのニガテだから、悪いけどやめとくよ」

亜梨子たちの眉《まゆ》が動く。

ガタンッ！　といっせいに席を立ち上がった少女三人に、クラス中の視線が集まる。

「行きなさい！」

亜梨子は、勢いよく人差し指を大助に突《つ》きつける。「うん、たしかにオモシロそうね」「でも、心を開くということに関係ないんじゃ……つられて立ち上がってしまいましたけれど……」と、恵那と多賀子が囁《ささや》きあっている。

「そうよ、アンタには華々《はなばな》しさってものがないんだわ！　ちょっとは気合いを入れて、主役を奪《うば》うくらいの根性《こんじょう》を見せてみなさい！」

大助が露骨に嫌そうな顔をする。

「一之黒さんには、関係ないだろ。オレはいやだって――」

「〝ふゆほたる〟……」

亜梨子は、ぽつりと呟《つぶや》く。

大助の反応は、予想以上に大きかった。目を見開き、呆然《ぼうぜん》と亜梨子を見る。

「……！」

厳しい表情で足早に亜梨子へ歩み寄る。彼女の腕《うで》を引き、教室の隅《すみ》まで連れて行く。

「どうしてお前が、あいつの名前を知ってる？」

クラスの生徒たちに背を向け、大助が小声で鋭《するど》く問い詰《つ》める。先ほどまでの笑顔から一変し、威圧感《いあっかん》さえ感じさせる目つきだ。

だが亜梨子は、動じない。

「あいつ、ということは、やっぱり人の名前だったのね。この前の寧子さんも〝ねね〟っていうコードネームがあるらしいし、その線もあるかなって予想してたのよ」

「質問に答えろよ」

「今朝、アンタが寝言《ねごと》で言ってたの。それはもう、切なそうな顔をしながらね」

ニヤリと笑う亜梨子。大助が言葉に詰まり、顔を赤くする。

「その反応……ズバリ、〝ふゆほたる〟っていうのは女の子ね？」

「！」

「……本当にそうなの？」

大助の明らかな動揺《どうよう》を見て、亜梨子のほうが驚《おどろ》いてしまう。

これは使える——亜梨子はニッコリと笑みを浮《う》かべる。

「明日の合コン、参加するわよね？」

「いやだね。なんでオレが、そんなものに出なきゃなんないんだよ。そもそもオレの任務は、お前の監視《かんし》なんだ。花城摩理の調査だってぜんぜん進んでないのに……」

「へー、そう。私の命令に逆らうのね。……恵那ー。あのねぇ、大助ってもう好きな子がいるんだってー。〝ふゆほた〟――」

とっさに、亜梨子の口を大助がふさぐ。

「……誰《だれ》が誰を好きだって？　いつオレがそんなこと言ったんだよ」

「あひたの《あしたの》ほーほん《合コン》、はんかふるはよへ《参加するわよね》？」

口を押さえつけられながらも、亜梨子は繰《く》り返す。間近でにらみ合う二人を、クラスメートたちが遠巻きに見つめていた。

大助が舌打ちし、亜梨子から手を離《はな》す。彼の沈痛《ちんつう》なため息が、敗北の証《あかし》だった。

「出ればいいんだろ、出れば……」

亜梨子と御林が、親指を立てながら笑みを交《か》わす。

「御林くん、大助追加ね！」

「ウイ、ムッシュ！」

大助が魂《たましい》までも吐《は》き出しそうな表情で、長い吐息《といき》をもらす。

「……なんでオレが、合コンなんかに……」

「ご主人様の温かい配慮《はいりょ》と知りなさい。いつも殺伐《さつばつ》としてないで、たまには息抜《いきぬ》きしなさいよ」

「参加すればいいんだろ。そのかわり――」

席に戻《もど》ろうとした大助が、亜梨子を振《ふ》り返る。その冷たい眼差《まなざ》しに、亜梨子は息をのむ。

「二度と、さっきの名前は口に出すなよ。いいな？」

「……わかったわよ」

大助が自分の席へ戻っていく。「なんでオレが……こんなことしてる場合じゃないのに……任務が……」とブツブツ呟いている。

「そのことなら安心なさい」

亜梨子は胸を張り、言い放つ。

イヤな予感がしたのだろう。大助がゆっくりと亜梨子を振り向く。

「……どういう意味だよ？」

「もちろん、私も行くってことよ！　そのほうがアンタにとっても都合がいいでしょ？」

堂々と宣言する亜梨子。

今度こそ、大助が絶望的な顔をした。

2

赤牧市には、民間数社の経営による地下鉄が走っている。

特に市の中心地は、複雑に路線が絡《から》み合った地域がある。それら一帯の駅を結ぶように、地下街がつくられていた。

地下街の一角にある高級ブティックで、亜梨子は頷《うなず》いた。

「ま、こんな感じね」

試着室の鏡に映った亜梨子は、シルクのワンピースを着ていた。いつもはポニーテールにしている髪《かみ》も、今は耳の上で一つにまとめている。

試着室を出ると、上品な香水《こうすい》の香《かお》りがした。オーダーメイドによる調合用の香水を置いた棚《たな》の前を過ぎ、店内を歩いていく。

「ねぇねぇ、薬屋くん。次、コレね！　絶対似合うわよ！　あ、髪もオールバックにしてもらえます？」

「かしこまりました」

「まあ、恵那さん。こちらもきっと似合うと思いますよ」

「じゃあ、次はそれね！　薬屋くんなら、どっちも似合うわ！」

紳士服《しんしふく》コーナーで、はしゃぐ声が聞こえた。

試着室の前に、洋服を手に談笑《だんしょう》する恵那と多賀子がいた。一方、カーテンが開いた試着室の中にいるのは、大助だ。

「あはは……」

まな板の上の鯉《こい》、という言葉が最もふさわしい。うつろな顔で笑う大助は、もうどうにでもしてくれと言わんばかりだ。お付きの店員がクシを使い、彼の髪をセットしている。

「ほら、薬屋くん！　はやく着替《きが》えて！　次がつかえてるんだから――あら、亜梨子。似合ってるじゃん」

「かわいいです、亜梨子さん」

「とーぜん」

Vサインをつくる亜梨子。

亜梨子に目を向けたのもつかの間、二人の少女はすぐに大助に向き直る。

「もう時間がないわ！　コレぜんぶ、いっしょに持ってって！　三分で着替えてね！」

「きっと似合いますよ、大助さん」

「……一之黒さん……」

大助が、すがるような目で亜梨子を見つめてくる。ほんの少しだけ、彼に同情する。

「少しは拒《こば》んでもいいのよ、大助……」

「もたもたしない！　ほら、早く！」

恵那によって試着室に追い込まれる大助は、心なしか昨日よりもやつれて見えた。

大助の衣装《いしょう》が決まったのは、夕方も近くなった頃《ころ》だった。

黒いスーツの上下にネクタイをしめた彼の姿は、普段《ふだん》とはまるで別人だ。整髪料《せいはつりょう》でセットした髪に加え、ややひきつった顔も引き締《し》まって見える。

「きゃー！　カッコいい、薬屋くん！　ぜったいぜったい、相手の女の子も一目惚《ひとめぼ》れね！」

「素敵《すてき》です、大助さん」

「あ、ありがとう」

苦笑する大助は、しかし何かを必死に堪《こら》えるかのように低い声だ。

支払《しはら》いをカードで済ませようとした亜梨子を、「自分で払うよ」と大助が止める。だが値札を見せると、彼はたちまち黙《だま》り込んだ。「く、車が買えるぞ……」という呟《つぶや》きが聞こえた。

「いい、薬屋くん？　エミリア女学院のお嬢《じょう》なんて誰《だれ》も世間知らずなんだから。ちょっと甘い言葉囁《ささや》いてやれば、コロッと騙《だま》せるわよ。決めセリフを考えてあげましょうか？」

「騙すってそんな、西園寺さん……」

「ハンカチは持ちました？　相手に失礼のないよう、最初はきちんとご挨拶《あいさつ》してくださいね。ほらほら、ネクタイが曲がってますよ？」

「じ、自分でやるよ、九条さん」

店を出る間際《まぎわ》まで、恵那と多賀子は大助を放そうとしなかった。やっとの思いで彼を引きはがし、会場へ向かう。「グッドラック！」と笑顔《えがお》で見送る恵那は最後まで噴《ふ》き出しそうで、多賀子はオロオロと心配げだった。

級友曰《いわ》く『親睦《しんぼく》を深める会』の会場は、地下街にあるレストランらしい。歩いて数分で行ける距離《きょり》だ。

地下街のメインストリートを、亜梨子と大助は並んで歩いていく。

「カンベンしてくれ……なんでオレが、こんなくだらないマネしなきゃいけないんだ」

ため息まじりに呟き、大助が髪を無造作に手でかき乱す。犬のように頭を左右にふると、もういつもの髪型に戻《もど》ってしまっていた。

「あ、コラ。せっかくセットしたのに」

亜梨子が肘《ひじ》で大助の背中《かた》をこづく。

すると、服の下から硬い感触《かんしょく》が伝わった。

「……こんな時まで、そんなものを持ってきているの？」

感触の正体を悟《さと》った亜梨子は、大助を睨《にら》む。

亜梨子の肩《かた》に、どこからともなく一匹《ぴき》の蝶々《ちょうちょう》が舞《ま》い降りた。

銀色の翅《はね》を拡《ひろ》げた、モルフォチョウだ。

「当たり前だろ。お前の……いや、花城摩理の〝虫〟がいつ何をしでかすか分からないんだ」

大助の鋭《するど》い視線を向けられ、モルフォチョウが亜梨子から飛び立つ。

花城摩理の〝虫〟――。

銀色のモルフォチョウが亜梨子のそばを舞うようになって、一年が経《た》つ。それはちょうど、亜梨子の親友だった摩理がこの世を去って経過した時間と同じである。

そっぽを向いて前を歩く大助。その表情は、亜梨子からは見えない。

薬屋大助も、摩理と同じ虫憑《つ》きだ。

彼は同じ家に住む亜梨子に対し、必要以上に接しようとはしない。そんな彼が何を考えているのか、亜梨子には分からない。

——虫憑きの気持ちなんて、いつまでも分からないのかな……ねえ、摩理？

心の中で、亡《な》き親友に語りかける。

亜梨子の肩にとまったモルフォチョウが、不思議そうに頭部を傾《かたむ》けた。

3

亜梨子と大助は、一軒《いっけん》のレストランの前で立ち止まった。

「ここみたいね。さっさと中に入りましょう」

亜梨子は入り口に足を踏《ふ》み入れる。だが大助は、呆然《ぼうぜん》と立ちつくしている。

「どうしたの？　早くしなさい」

「……合コンって、せいぜいカラオケか何かだと思ってたんだけど……」

御林が指定してきたのは、いわゆる高級レストランだった。創作フランス料理を主とした店のようだ。店先に置かれた木製の看板には『正装以外のお客様の入店は、場合によってお断りさせていただきます』とある。

「バカね。正装で来いって言われたじゃない。だいたい予想はつくでしょう?」

「どっちかっていうと、こんな店に中学生が入ることのほうが予想できないぞ……」

店内に入ると、すぐにタキシード姿の店員が近づいてきた。亜梨子が御林の名を言うと、店の奥へと通される。

中の様相は、壮麗《そうれい》だった。

入り口は、通りに面した一カ所しかないようだ。煉瓦《れんが》造りの壁《かべ》に、ほのかに灯《とも》る照明が並んでいる。各テーブルにはガラスの笠《かさ》をかぶったキャンドルが置かれ、きめ細やかな模様のクロスが敷《し》かれている。各所に置かれた観葉植物が、クラシックのBGMとよく合っていた。当然、他《ほか》の客は大人ばかりである。

「お、おい、本当にこの店なのか?　ガキがくるような場所じゃないぞ」

「オロオロしない。まったく、ヘンなところで気が小さいわね」

店員に誘導《ゆうどう》されたのは、最も奥に位置する大きなテーブルだった。すでに身なりを整えた少年少女が四人、テーブルについていた。

「こんばんは、一之黒さん、薬屋くん」

席を立って出迎《でむか》えたのは、御林だ。

「ここは僕のパパがマネージメントしてるレストランなんだ。いい店でしょう？　ちょうどこの上の地上にある、建築中のブティックと合わせてもっと宣伝していく予定なんだ」

亜梨子と大助を席に座らせるなり、御林が言う。エミリア女学院の女子生徒たちが「すごーい」「ステキよね」ともてはやす。

ちらりと大助の様子を見ると、彼は一瞬《いっしゅん》、頬《ほお》をひきつらせた。

「そうなんだ。わりと良《い》い店だと思うよ」

「……どうしたの、大助。いきなり強気じゃない」

「なんだか知らないけど、ムカついた。ビビるだけ、損だ」

「その意気よ」

小声で囁《ささや》きあう亜梨子と大助。

「もうちょっと待ってくれるかな。今ちょっと女の子が一人、席を外してるんだ」

御林の言葉を聞きながら、ふと亜梨子はテーブルに巻きついているものに気づく。

「……蔦《つた》？」

それは、木の蔦のようだった。節くれだった蔦がテーブルの脚《あし》を這《は》い上がり、食卓《しょくたく》にまで伸《の》びている。インテリアの一つかと思って蔦に触《ふ》れ、亜梨子はすぐに手を離《はな》す。

「どうした？」

大助が、亜梨子を見る。亜梨子は「う、ううん。なんでもないわ」と首を振《ふ》る。

温かい――。

蔦は、わずかな温かみを持っていた。まるで生き物のようだ。気味が悪くなり、亜梨子は蔦から目をそらす。

「あ、来たみたいだね」

御林の声に、顔を上げる。

こちらへ歩いてくる少女の姿が見えた。

「ご、ごめんなさい。もうみんな、揃《そろ》っちゃってたんだ」

小柄《こがら》な体に、ショートカットの髪《かみ》がよく似合っている。透明感《とうめいかん》のある青のワンピースと合わせたのだろう、右目の上、前髪の一部を青いリボンでまとめている。

「……」

見ると、大助が見開いた目で少女を凝視《ぎょうし》していた。

――今日のターゲットは決まったわね。

ニヤリと亜梨子は笑う。大助が目を奪《うば》われるのも、ムリはない。三人の女の子の中では、最も印象的な少女である。

「姉妹校《しまいこう》であるホルス聖城学園とエミリア女学院、両校のさらなる交流を願って！　乾杯《かんぱい》！」

御林の音頭《おんど》のあとに、オレンジジュースを注《つ》いだグラスを合わせる音が響《ひび》く。

リボンの少女は、羽瀬川祈梨《はせがわいのり》と名乗った。

あとからやってきた亜梨子と大助、祈梨はテーブルの端《はし》で向かい合う形となった。

「あ、あの……」

「えーと……」

祈梨と大助が、同時に口を開く。そしてそのまま、気まずそうに黙《だま》り込んでしまう。

「なにカタくなってんのよ、大助。いつもは恵那や多賀子を相手にはしゃいでるのに」

「なっ！　バカ、誰《だれ》がはしゃいでたんだよ！　あれは西園寺さんたちが……！」

「はいはい、みっともないからわめかない」

亜梨子と大助のやりとりを見て、祈梨がクスリと笑う。

「二人とも、おもしろいね。とても仲が良さそう」

「ああ、私のことは気にしないでね。コイツの保護者みたいなものだから」

「だれが保護者だって……？」

「ほら、大助。私より羽瀬川さんと話しなさい。放《ほう》っておいたら、失礼でしょう」

言われ、大助が納得《なっとく》のいかない顔で祈梨に向き直る。

「えーと、羽瀬川さん」

「はい」

やや緊張《きんちょう》した面持《おもも》ちで、大助と祈梨が見つめ合う。そのまま自己紹介《しょうかい》から始まるかと思いきや、大助は心配そうな表情を浮《う》かべた。

「少し、顔色が悪いよ。さっき歩いてきたときも、なんだかふらついてた感じだし。どこか気分でも悪いんじゃない？」

祈梨が驚《おどろ》いた顔をする。

そう言われると、祈梨の頬《ほお》は血の気が引いているように見えた。祈梨自身が隠《かく》しているのだろうか、一見しただけでは気づかない。

「具合が良くないなら、ムリをしないで帰ったほうがいいよ」

気遣《きづか》う大助に対し、祈梨が微笑《びしょう》する。

こっそりと亜梨子は呟《つぶや》く。

「ナルホド。そうやって家まで送ってお近づきになるつもりね。……手が早いにも程《ほど》があるわよ、大助。物事には順序ってものが——」

「うるさい、黙れ」

やはり小声で、大助。

「ううん、大丈夫《だいじょうぶ》」

祈梨が首を振る。

「私……色んな場所へ行って、色んな人と出会いたいの。場所や出会いは私の思い出になるし、それに場所や人が私のことをおぼえてくれたら、嬉《うれ》しいでしょ？」

ニコリと微笑《ほほえ》む少女。

「あ……でも、ヘンだよね。いきなりこんなこと言うなんて……友達にもよく、ちょっと不思議なところがあるって言われるし……そ、その、ごめんなさい」

顔を赤くしてうつむく祈梨に対し、大助の表情が緩《ゆる》んだ。亜梨子がはじめて見るような、優《やさ》しい笑みだった。

「そんなこと、ないよ」

「え？」

「かなうといいね、その夢」

大助に微笑みかけられ、祈梨の頬が赤くなっていく。

「あ、ありがとう。優しいんだね、薬屋くん」

祈梨もまた、笑みを浮かべる。

今度は大助が顔を赤くする番だ——そう思ってとなりを見ると、なぜか大助は一瞬《いっしゅん》、唇《くちびる》を噛《か》んだ。辛《つら》そうな表情がよぎったのもつかの間、すぐに社交的な笑みを浮かべる。

——一時間後。

「何度も言うけど、お前は自覚ってものがないんだよ。自分が置かれてる状況《じょうきょう》が分かってないどころか、余計なトラブルに首を突《つ》っ込んでばかりで……」

「アンタこそ、私のドレイっていう自覚がないじゃない。昨夜《ゆうべ》なんて、私より先にお風呂《ふろ》に入ったわよね。居候《いそうろう》の分際で一番風呂なんて、あり得ないわ」

「それで思い出した。お前、わざわざ風呂場に『入浴中。大助禁止』っていう張り紙はってたよな。言っとくけど、お前の風呂をのぞくヤッなんて猿《さる》くらいしかいないぞ」

「のぞき魔《ま》はみんな、そう言うのよ。そもそも張り紙を見たってことは、私が入ってる間に風呂場に来たって証拠《しょうこ》――って、バカ大助。私とばかり話しててどーすんのよ」

ぺちん、と亜梨子は大助の頭を叩《たた》く。

気がつくと亜梨子と大助は、会話の輪から隔離《かくり》されていた。

羽瀬川祈梨に好印象を抱《いだ》いたのは、他《ほか》の少年二人も同じだったようだ。特に御林が積極的に質問を浴びせかけ、祈梨も対応につきっきりになっている。結局、大助が祈梨とちゃんと話したのは、最初の少ない会話だけだった。

大助が祈梨を見ると、彼女もまた彼を見た。祈梨は大助と話したそうにするが、すぐに御林に声をかけられてしまう。

「へえ、羽瀬川さんの家は代々医者の家系なんだ。それじゃあ、羽瀬川さんも？」

「う、ううん」

大助から視線をそらし、祈梨が首を横に振《ふ》る。

「私……やりたいことがあるから」

「やりたいこと？」

「色んな場所へ行って、色んな人に出会うこと……だから将来は――」

祈梨が急に、言葉を切った。ふっと祈梨から表情が消えたように見える。

いぶかしむ周囲の視線の中、祈梨がハッとした顔をする。

「ご、ごめん……ええと、将来の話だよね。私、海外に行きたいの。外交官とか……」

微笑む祈梨の表情は、しかし儚《はかな》かった。小さくついた息に、疲労感《ひろうかん》が垣間見《かいまみ》える。

「医者じゃダメなの？」

「となり町に、異国館があるよね？」

祈梨の顔に、わずかに生気が戻《もど》る。楽しげな微笑を浮かべる祈梨は、同性の亜梨子から見ても可愛《かわい》らしく映った。

「小さい頃《ころ》、両親とあそこへ行って、色んなものを見たの。写真やお花や、それに働いてる色んな人たち……それがすごく印象的で、感動して――いつか自分の目で、見てみたいと思うようになったの。私はあそこで夢をもらったから……だから、いつかまた」

「ああ、氷鉋市の異国館かぁ。ぼくも小さい頃に行ったなあ」

御林がつられたように笑う。

「あそこがなくなっちゃうなんて、本当に残念だよ」

祈梨が、目を見開いた。

「……え……？」

異国館には、亜梨子も行ったことがある。だが取り壊《こわ》されるという話は、初耳である。

「そっか、まだ知らない人のほうが多いよね。経営不振《ふしん》が続いたせいで、スポンサーが見限ったんだ。パパの会社も関《かか》わってたから、知ってるんだ。敷地《しきち》の一部はもう取り壊し工事がはじまってるのかな。何年かあとには、ショッピングモールになるらしいね」

「……」

無言になった祈梨の瞳《ひとみ》が、揺《ゆ》れた。

亜梨子は大助を見て、彼の肩《かた》をつつく。

「アンタもあっちの会話に参加しなさいよ」

「……関係ないね。最初から、こんな会には興味ないって言っただろ」

大助が顔をそむける。

「また、そうやって自分の殻《から》に閉じこもる」

「なんだよ、殻って」

「ちょっとくらい、素直《すなお》になりなさいよ。羽瀬川さんのこと気になるんでしょう？」

「ならないね。ぜんぜん」

亜梨子を睨《にら》む大助の視線は、冷ややかだ。

「知ってる人間に似てたから……ちょっと驚《おどろ》いただけだ」

「誰《だれ》よ、知ってる人間って」

「お前には関係ないだろ」

そっけなく突き放され、亜梨子は唇をとがらせる。

「まあ、どうせこんなことだろうと思ったわよ。アンタが一人でさびしくないよう、私が相手してやるから安心なさい」

ニヤリと笑う亜梨子に対し大助は、「……ふん」とすねた顔をそむける。その幼い仕草に、亜梨子はまた笑いがこみ上げる。

オレンジジュースのお代わりを注文すべく、グラスに手をかける。

「……！」

ぎょっとして、手を引く。

亜梨子のグラスが、動かなくなっていた。底の部分に、木の蔦《つた》が絡《から》みついているのだ。よく見ると、蔦の部分に赤い膨《ふく》らみがあった。花のつぼみにも見えるが、折り重なった花びらがギチギチと蠢《うごめ》いている。

「な、なんなの、これは……？」

亜梨子が思わず声を漏《も》らした時だった。

「羽瀬川さん？」

御林の声に、亜梨子と大助は祈梨を見る。

祈梨の手元で、グラスが倒《たお》れていた。虚《うつ》ろな目をした祈梨がうつむいている。

「なんだ、これは……！」

「きゃああ！」

店内で、悲鳴が上がった。

目に映った光景に、亜梨子は絶句する。

幾重《いくえ》もの蔦が床《ゆか》を這《は》い、店内を占領《せんりょう》しつつあった。テーブルから客の体や壁《かべ》をつたい、天《てん》井《じょう》のシャンデリアまで伸《の》びている。

蔦についた花のつぼみが、いっせいに開いた。ピンク色の粉が、つぼみから噴《ふ》き出す。

「亜梨子……！」

大助の反応は速かった。亜梨子を抱《だ》き上げ、テーブルの上を跳《と》んで蔦から離《はな》れる。

粉を吸い込んだ人々が、次々と倒れていく。

花と思い込んでいたそれは、花ではなかった。口を開いた花びらの奥に、蠢く牙《きば》が見えた。

何かの生き物の口器のようだ。

これは——。

亜梨子は目を見開く。

「まさか……〝虫〟なの？」

大助が蔦の少ない場所に移動し、亜梨子を降ろす。

「ちっ。こんなところで、どこのどいつが……」

それまでとは別人のような低い声で吐《は》き捨て、大助がスーツの下に手を伸ばす。隠《かく》していたホルダーから二つの黒い塊《かたまり》を抜《ぬ》き放つ。

慣れた動作で顔に装着したのは、大きなゴーグルだった。鼻から上を覆《おお》い隠すそれのレンズ部分では、光が点滅《てんめつ》している。また右手に構えたのは、大型の自動拳銃《けんじゅう》である。

「店の外に影響《えいきょう》が出る前に、さっさと片づける。お前は下がってろ」

言い放つ少年は、特別環境保全事務局のエージェントとしての薬屋大助に変貌《へんぼう》していた。ゴーグルで隠すまでもなく表情が消え、感情を感じさせない声は冷徹《れいてつ》だ。

花に擬態《ぎたい》した口器から出す粉は、催眠《さいみん》効果を持っているようだ。御林をはじめ、亜梨子と大助を除く客が次々と意識を失っていく。

「これだけ躰《からだ》が大きい〝虫〟だと、中枢《ちゅうすう》を叩《たた》くしかないか……それとも宿主をさがしたほうが――」

言いかけた少年の声が、途中《とちゅう》でかき消える。

亜梨子の眼前で、蔦が爆発《ばくはつ》するように質量を膨張《ぼうちょう》させたのだ。

シャンデリアが、亜梨子の背丈《せたけ》の倍はありそうな観葉植物が、あっという間に蔦に押し潰《つぶ》される。豪華《ごうか》な額におさまった絵画を貫通《かんつう》した蔦が、煉瓦《れんが》をかたどったアスファルトの壁に見る間にめり込んでいく。

「な……！」

亜梨子と大助の声が重なる。

爆発的な蔦の生長は、幹に咲《さ》いた花までも巨大化《きょだいか》させていた。つぼみが弾《はじ》けるように次々と咲き乱《みだ》れ、胞子《ほうし》のような粉を散布する。

破壊《はかい》されていく店内で、ノイズが混じったクラシックのＢＧＭが最高潮を迎《むか》えていく。

ひび割れた音楽に乗り、亜梨子の肩《かた》に銀色のモルフォチョウが舞《ま》い降りた。

「摩理……？」

モルフォチョウがそばにあった背の高いスタンドライトに飛び移る。躰を変形させ、銀色の触手《しょくしゅ》をのばしライトと一体化する。

輝《かがや》く槍《やり》と化したモルフォチョウが、銀色の鱗粉《りんぷん》をまき散らす。亜梨子たちに迫《せま》っていた粉が、鱗粉によって遠ざけられる。

「何が起こってるの……！　ただの〝虫〟じゃないの？」

槍を手に、亜梨子は大助を振《ふ》り返る。少年は目の前の光景を凝視《ぎょうし》し、唇《くちびる》を噛《か》んでいた。

「〝虫〟の動きが制御《せいぎょ》されてない……成虫化だ！」

成虫化――。

亜梨子は、大助から以前聞いたその言葉を思い出す。

虫憑《つ》きは、みずからの夢を代償《だいしょう》に〝虫〟の力を扱《あつか》うことができる。〝虫〟を殺された者は、その夢もまた消え去り、感情も理性も失った〝欠落者〟になる。また夢を喰《く》われ続けた虫憑きは、やがて精神が燃え尽《つ》き死に至る。

宿主の夢を喰い尽くした〝虫〟は、束縛《そくばく》から解き放たれ独立して成長する場合がある。

それが、成虫化だ。

成虫化した〝虫〟は、それまでとは比べものにならないほど強力になるという。

「これが……成虫化？」

「〝虫〟が宿主から離れようとしてるんだ。巨大化と暴走は、もう止まらないぞ」

亜梨子の足元から、震動《しんどう》が響《ひび》いた。壁や天井にめり込んだ蔦《つた》が、地下街の基盤《きばん》をも貫《つらぬ》いたのかもしれない。

「ちょっと待って……それじゃあ、この〝虫〟の宿主は！」

ハッとする亜梨子。大助が舌打ちする。

「かなり弱ってるはずだ。このままじゃ宿主が夢を食い尽くされて死ぬだけじゃない……地下街ごと心中だ。そうなる前に、〝虫〟の中枢を見つけて殺すしかない」

「〝虫〟を殺す……そんなことをしたら、その人は欠落者になっちゃうじゃない！」

「……」

亜梨子の言葉を、大助は黙殺《もくさつ》する。機械的に店内を見回すゴーグルに浮《う》かんだ光点が、照明を失い薄暗《うすぐら》くなった店内に尾《お》を引く。

「お前は、動くな。花城摩理の〝虫〟の力をこんなところで使ったら、客までいっしょに吹《ふ》き飛ばしてしまうぞ」

亜梨子は、唇を噛む。彼女が手にしている槍の威力《いりょく》は絶対無比だ。彼の言うとおり、密閉された空間で扱うには強力すぎる。

「完全に成虫化したら、オレでも手がつけられない。そうなったらもう、手遅《ておく》れだ。……ちっ、この近くに他《ほか》の局員はいないか。応援《おうえん》は間に合いそうにないな」

片手でゴーグルに触《ふ》れ、大助が言う。通信機能でも備わっているのだろう。

「手遅れだなんて……」

振り返り、亜梨子は目を見開いた。

――色んな場所へ行って、色んな人と出会うのが好きなの。

控《ひか》えめな、しかし可愛《かわい》らしい笑顔《えがお》が思い浮かんだ。

「そんな……」

顔を歪《ゆが》める亜梨子。彼女の様子を見て、大助が視線を追う。

「……！」

大助が言葉を失ったのが分かった。

先ほどまで亜梨子たちがいたテーブルに、巨大な花が生まれようとしていた。薄いピンク色の花弁はかすかに胎動《たいどう》し、今にも大きく開こうとしている。

大きな花に見守られるように、全身を蔦に絡《から》まれた少女が宙に浮かんでいた。

少女――羽瀬川祈梨が、うつろな瞳《ひとみ》で亜梨子たちを見下ろしていた。

4

手足を蔦に縛《しば》られた祈梨の頭上で、大きな花のつぼみがゆっくりと開いていく。

「羽瀬川……さん……？」

呆然《ぼうぜん》と大助が呟《つぶや》く。

地下街を——否《いな》、赤牧市を震《ふる》わせるような、恐《おそ》ろしい咆哮《ほうこう》が突《つ》き抜《ぬ》けた。

ピンクから深紅《しんく》へと色を深めた花が、開いていた。

花弁に守られていたのは雄《お》しべでも雌《め》しべでもない。何百という数の鋭《するど》い牙《きば》だった。

食人花——。

亜梨子の脳裏《のうり》に、そんな言葉がよぎる。

幼い頃《ころ》に訪《おとず》れた昆虫《こんちゅう》展覧会で見た、花に擬態《ぎたい》してエサをよびよせるハナグモという昆虫を思い出す。だが今、亜梨子の眼前にいるのは、まぎれもなく人間を捕食《ほしょく》しようとしている異形の怪物《かいぶつ》だ。

「……！」

破壊《はかい》の音もクラシックもかき消され、吹き飛ばされそうな波動が亜梨子たちを貫く。

咆哮の余韻《よいん》が消えたあとに残ったのは、静寂《せいじゃく》だった。

圧倒《あっとう》されて身動きがとれない亜梨子らの前で、祈梨が小さく唇を動かした。

「……だったの……」

すでに意識を失いかけているのか、祈梨の手足はピクリとも動かない。薄く開いた瞳から、光が消えつつあった。

「……〝虫〟に夢を食べられて……怖《こわ》くて……苦しくて……でも、我慢《がまん》してきた……」

祈梨の眼《め》が、動いた。少女が見たのは、大助だった。

「色んな場所へ行って……大人になって……それからまた異国館に行くの……帰ってきたよって……夢をくれてありがとうって……」

少女が、微笑《ほほえ》んだ。かき消えそうな、悲しみだけしか残されていない笑みだった。

「でも……もう……私の夢も……なくなっちゃうみたい……」

再び、蔦《つた》が膨張《ぼうちょう》をはじめた。意識を失った人々が、見る間に蔦に埋《う》もれていく。

「羽瀬川さん……！」

亜梨子は思わず叫《さけ》ぶ。

祈梨から表情が消え、まぶたを閉じようとしていた。

彼女が完全に目を閉じた時に、どうなるのか──想像して、亜梨子は恐怖《きょうふ》をおぼえる。

〝虫〟に夢を喰《く》いつくされた時、虫憑《つ》きは死に至る──。

「……！」

そんなこと、許さない……！

亜梨子は槍《やり》を握《にぎ》る手に、力を込める。

摩理──。

一年前に亜梨子の前から去った親友の顔が思い浮かぶ。

〝虫〟とは何なのか、分からない。虫憑きのことなんて、ちっとも理解できていない。

だが羽瀬川祈梨の命を奪《うば》うのだけは、誰《だれ》にも許さない。

たとえ〝虫〟を殺すことによって欠落者になろうとも、みすみす彼女の命が尽《つ》きようとしているのを見ているわけにはいかない。

もう誰も、〝虫〟になんて殺させない……！

何も知らず、何もできなかった摩理の二の舞《まい》にはさせない。その気持ちが、今にも亜梨子を花に向かって飛び出させようとしていた。

だが──。

「くっ……！」

槍を振《ふ》りかぶろうとして、思いとどまる。今ここで自分が力を使えば、他の客まで巻き込んでしまう。

「大助！」

となりの少年を振り向く。

大助は、虫憑きの捕獲《ほかく》を専門とするエージェントだ。これまでにも虫憑きを容赦《ようしゃ》なく欠落者にしようとする場面があった。

今もまた、冷徹《れいてつ》に拳銃《けんじゅう》を構えているものと思って疑わなかった。

「……大助？」

しかし亜梨子の予想に反し、大助は呆然と祈梨の姿を見たまま動こうとしなかった。拳銃を握る手が、かすかに震えている。

「何をしてるの、大助……！　しっかりしなさい！」

亜梨子の叱咤《しった》も、大助の耳には届いていないようだ。祈梨を凝視《ぎょうし》する少年の額に、大粒《おおつぶ》の汗《あせ》が浮《う》かんでいた。

「なんで……また、笑うんだ……！　オレの目の前で……！」

奥歯を噛《か》み、叫ぶ。

「諦《あきら》めるなよ！　そんなに大事にしてた夢なら、こんなところでなくすなよっ！」

声も高らかに、大助が絶叫《ぜっきょう》していた。

かつてないほどに感情を剝《む》き出しにしている少年を目の当《ま》たりにし、呆然《ぼうぜん》とする。

「大助……？」

「似てるんだよ、〝ふゆほたる〟に！」

振り返った大助は、ゴーグル越《ご》しでも分かるほど顔を歪《ゆが》めていた。

「この手で欠落者にした……オレと同じ夢を持つヤツに……！」

祈梨のまぶたが、閉じていく。巨大《きょだい》な花の咆哮《ほうこう》が、地下街を揺《ゆ》さぶる。

「……！」

力尽きようとする祈梨。

狂《くる》ったように咲《さ》き乱れる〝虫〟。

躊躇《ためら》い、苦しげに顔を歪める大助。

苦痛にもがく虫憑きの姿が、亜梨子の瞳《ひとみ》に映る。

――これを、僕に？――。

亜梨子の目の前が、真っ白に染まった。

「！」

動揺《どうよう》する間もなく、亜梨子の意識が混濁《こんだく》する。

――ええ。私から〝先生〟に、プレゼント――。

亜梨子は――否《いな》、摩理は、白い病室にいた。

摩理が横たわるベッドの横に立っているのは、一人の青年だった。

青年が手にしているのは、銀色のネックレスだった。鎖《くさり》の先に、金色に輝《かがや》くリングがぶら下がっている。

そう、摩理が彼にプレゼントしたのだ。

自分の想《おも》いを込めて。

消えようとしている夢を込めて。


——私が生きていた、もう一つの証拠《しょうこ》……。


摩理が言うと、青年は辛《つら》そうな顔をした。

しかし、摩理は微笑《びしょう》した。


——もう一つは、亜梨子に……私の夢を知ったら、きっと亜梨子は私を恨《うら》むよね。


「……！」

亜梨子は、一瞬《いっしゅん》の微睡《まどろ》みから覚醒《かくせい》する。

——また、あの奇妙《きみょう》な光景が……？

思い出したのは、亜梨子自身の記憶《きおく》ではない。病室のベッドに寝《ね》ていた自分は、亜梨子ではない。そばにいた青年も、彼女の知らない人物だった。

花に擬態《ぎたい》した〝虫〟の咆哮が響《ひび》く。

今にも目を閉じようとしている少女を見て、我に返る。

「こうなったら、私がやるわ……！」

嬉《うれ》しそうに自分の夢を語る、祈梨の笑顔《えがお》を思い出す。

祈梨は生きようとしている。

生きて、夢を叶《かな》えようとしている。

その願いを、目の前で失わせるわけにはいかない。たとえ欠落者として感情を失おうとも、命を失うという形で夢を閉《と》ざされた摩理と同じにはさせない。

どれだけ力を抑《おさ》えられるか分からない。だが、やらなければならない。

亜梨子が祈梨に向き直った直後だった。

「きゃあっ！」

「うあっ！」

少女の頭上に咲いた花から、無数の蔦《つた》が飛び出した。立ちつくしていた亜梨子と大助にからみつき、勢いのまま壁《かべ》に叩《たた》きつける。

壁から這《は》い上がった蔦が、二人を束縛《そくばく》する。

「あ……！」

壁にぶつかった衝撃《しょうげき》で、亜梨子は槍《やり》から手を離《はな》してしまった。何十、何百という本数の蔦が、亜梨子たちを埋《う》め尽《つ》くそうとする。

祈梨が、目を閉じていく——。

「……薬屋大助っ！」

亜梨子は、叫《さけ》んだ。

蔦によって塞《ふさ》がれつつある視界に、亜梨子と同様に体の自由を奪《うば》われた少年の姿が映る。

「いつもの、バカみたいに冷静なアンタはどこにいったのよ！　今なにをするべきか、アンタが一番知ってるんじゃないの？」

「……っ！」

「昔なにがあったか知らないけど、いつまでも悩《なや》んでるんじゃないわ！　アンタが自分でしたことなら、最後まで責任を持ちなさい！」

「お前なんかに……虫憑《つ》きでもないお前に、何が分かる！」

堪《こら》えきれなくなったように、大助が叫んだ。

「自分の夢のために、他《ほか》の虫憑きの夢を奪っていくしかない……そんなオレが——」

「だったらどうして今、アンタは生きてるのよ！」

「！」

亜梨子が放った一言に、大助が絶句する。

「それでも夢を叶えたいからでしょう！　生き続けたいからでしょう！　その〝ふゆほたる〟って子も自分と同じだと思ったから、欠落者にしたんでしょう！　だったら躊躇うな！　生きてるアンタには、その義務があるの！」

亜梨子の首にまで、蔦がのぼってきた。温かい木の感触《かんしょく》が、首を絞《し》めつける。

「目を……覚ましなさい……！　バカ……大助……！」

視界が、完全に蔦によって埋め尽くされる。

何も見えなくなる直前。

壁に縛《しば》りつけられた大助のもとへ、一匹《ぴき》の緑色のかっこう虫が降り立つのが見えた。

「言われなくても分かってるさ……オレはどんなことをしてでも、生き続けてやる……」

何かが引きちぎられる音がした。

「そう、約束したんだ……〝ふゆほたる〟と……！」

亜梨子を束縛していた蔦が、いっせいに引きちぎられた。

「……！」

縛《いまし》めを解かれ、亜梨子は床《ゆか》に落ちる。

顔を上げた亜梨子の眼前に、まっすぐに拳銃《けんじゅう》を構えた大助の姿があった。かっこう虫と同化した拳銃には長い触角《しょっかく》がなびき、大助の首から口許《くちもと》にかけて緑色の模様が浮《う》かんでいる。もう片方の手につかんでいるのは、力任せに引きちぎった大量の蔦だ。

巨大《きょだい》な花の咆哮《ほうこう》が響いた。

蔦が大助に襲《おそ》いかかる。

太い幹が少年の細い体を叩く鈍《にぶ》い音がひびいた。破られたスーツが宙を舞《ま》い、破壊《はかい》されたゴーグルが後ろへ弾《はじ》き飛ばされる。

だが大助は、ピタリと定めた銃口を動かさなかった。まっすぐに祈梨を見据《みす》える少年の顔には、緑色の模様が浮かんでいた。

大助が、引き金を引いた。

拳銃のものとは思えない、重い砲撃《ほうげき》音が響き渡《わた》った。

祈梨の頭の上で、巨大な花弁が四散する。

少女の瞳《ひとみ》が、フッと光を失った。

飛び散る花弁が、断末魔《だんまつま》の叫びを上げた。店内を覆《おお》っていた蔦が消えていき、祈梨の体がゆっくりと傾《かたむ》いていく。

大助が、床を蹴《け》った。あっという間に祈梨のもとへ駆《か》け寄り、床に投げ出される寸前で小柄《こがら》な少女を受け止める。

「羽瀬川さん……」

大助の呟《つぶや》きが聞こえた。

静寂《せいじゃく》が、破壊されたレストランを支配する。

倒《たお》れた客たちの中央で、少女を抱《だ》いた大助はじっと動かない。ゴーグルを失った彼の表情は、しかし背を向けているため窺《うかが》えない。

彼に抱きしめられた祈梨の頭が、力なくガクンと傾いた。

少女の瞳からは完全に感情が消えていた。薄《うす》く開いたまぶたの奥で、濁《にご》った眼《め》が大助を見つめていた。意志も感情も失った虫憑きのなれの果て、欠落者の姿がそこにあった。

欠落者となった祈梨は、特別環境保全事務局の隔離施設《かくりしせつ》とやらに収容されるのだろう。

——大助……。

亜梨子は唇《くちびる》を嚙《か》む。

彼は祈梨を〝ふゆほたる〟という少女と似ていると言った。

薬屋大助という少年に、コードネームしか知らないその少女は深く関《かか》わっていたのだろう。

それも、亜梨子には想像できないくらい辛《つら》い意味で。

先日、〝ふゆほたる〟という少女のことを教室でからかってしまったことを思い出す。

「……」

ぐっ、と唇を嚙んだ時だった。

亜梨子はかすかな震動《しんどう》に気づく。

パラパラと天井《てんじょう》から粉のようなものが降り注ぐ。頭上を見上げ、亜梨子は啞然《あぜん》とした。

ところ構わず侵食《しんしょく》していた蔦《つた》が急に消えたせいだろう。空洞《くうどう》だらけになった天井に、大きな亀裂《きれつ》が生まれていた。

「大助！」

とっさに少年を見るが、彼は祈梨を抱いたまま動こうとしなかった。

亜梨子はそばに突《つ》き刺《さ》さっていた槍《やり》を握《にぎ》る。

大助だけではない。店内にいた利用客は皆《みな》、意識を失ったままだ。天井が崩《くず》れたら、死者の数は一人や二人ではすまないだろう。

「崩れる前に……やるしかない！」

亜梨子の手の中で、槍が銀色の輝《かがや》きを放つ。

四枚の翅《はね》のうち三枚が一つとなり、鋭《するど》い穂《ほ》先《さき》を創《つく》り出す。槍から放たれる銀色の鱗粉《りんぷん》が、さらに勢いを増していく。

――槍の力が……強くなってる？

構えながら、亜梨子は腕《うで》に伝わる力の波動に動揺《どうよう》する。以前、播本潤の〝虫〟を倒した時よりも、観覧車で大助と対峙《たいじ》した時よりも、さらに槍から伝わる力が強さを増していた。

ひときわ大きな震動が、レストランを襲った。天井の亀裂が、さらに深まる。

シャンデリアがガクンと落ちるのを見た瞬間《しゅんかん》、亜梨子は考えるのを止《や》めた。

渾身《こんしん》の力を込めて振《ふ》り払《はら》った槍が、銀色の光で視界を埋《う》め尽《つ》くした。

5

亜梨子の一日は、今朝もいつものように痛みと愚痴《ぐち》からはじまった。

ただし内容は、いつもと少し違《ちが》っていた。

「むぅ、やっぱり気が進まないわ……」

道着姿で渡《わた》り廊下《ろうか》を歩きながら、唸《うな》る。

今朝の稽古《けいこ》は、まったく身が入らなかった。師範代《しはんだい》に叱《しか》られたが、そんな怒声《どせい》も亜梨子の耳には入っていなかった。冷たい空気と床の感触《かんしょく》もまったく感じない。

「謝るべきか謝らざるべきか、それが問題よね……」

亜梨子の頬《ほお》には、一枚のバンソウコウが貼《は》ってある。稽古でついた傷ではない。昨夜《ゆうべ》、レストランの天井を槍でぶち抜《ぬ》いた際に、破片《はへん》を浴びて傷ついたのだ。

槍の威力《いりょく》はすさまじく、崩れかけた天井を地上まで完全に吹《ふ》き飛ばした。御林が言っていた、地上部分にあった建築中のブティックも跡形《あとかた》もなくなった。休日で現場に人がいなかったため、被害《ひがい》は最小限にとどまっている。

一連の騒動《そうどう》は、レストランのガス漏《も》れによる爆発《ばくはつ》事故という形で収拾がつきそうだ。利用客の昏睡《こんすい》状態――〝一酸化炭素中毒による意識喪失《そうしつ》〟もすぐ回復し、爆発の規模にもかかわらず軽傷者数名という被害にとどまった。

「いくら知らなかったとはいえ……でも、ご主人様がドレイに頭を下げるのも……」

縁側《えんがわ》を歩く亜梨子が向かっているのは、大助の部屋だった。

ふと、足を止める。

一之黒家の本邸《ほんてい》には、きれいに整備された庭園がある。小さな池のほとりに、人影《ひとかげ》が見えた。

大助だ。寝間着《ねまき》姿のまま、ぼんやりと池を眺《なが》めている。

彼がこれほど早起きしているのは、はじめてだ。横顔に疲《つか》れの色が見えるところからすると、一睡もしていないのかもしれない。

「大助のクセに、いっちょまえに悩《なや》んだりするのね……」

しばし迷うが、覚悟《かくご》を決めて庭園に出る。

亜梨子の足音に気づいたのだろう。大助がチラリとこちらを見た。だが何も言わず、すぐに視線をそらす。

「なにしてんのよ、こんなところで」

「……」

「なんとか言いなさいよ、バカ大助」

亜梨子の軽口にも、彼はまったく動じない。

重い沈黙《ちんもく》が、二人の間に落ちる。

「……悪かったわね」

ぽつり、と亜梨子は呟《つぶや》いた。

びっくりした顔で、大助が振り向く。

「〝ふゆほたる〟って子のこと、からかったりして」

目をそらして謝る亜梨子を、大助は信じられないものでも見るかのような目で凝視《ぎょうし》する。

「ごめん」

再度、今度は大助の目を見て言う。

「……」

彼はしばらく亜梨子を見つめていたが、すぐに気恥《きは》ずかしそうに視線をそらす。

少年の不器用な仕草に、亜梨子は微笑《びしょう》する。

そうよね――。

亜梨子の心に、わずかな温かみがひろがる。

少しずつ、理解していけばいいいんだわ。虫憑《つ》きのことも、摩理のことも……大助のことも。

だが――。

「謝るくらいなら最初からくだらないことするなよ」

大助が、言い放った。

亜梨子の微笑が、瞬間冷凍《しゅんかんれいとう》する。

「洋服だ合コンだなんて、つまんないことでオレに関《かか》わるなよ。オレとお前は監視《かんし》者《しゃ》と監視対象ってだけで、ただの他人なんだ。ガキの遊びにつきあってられないんだよ」

まくしたてられ、亜梨子は呆然《ぼうぜん》とする。

「な……」

自分の顔が熱くなっていくのを感じる。

振り返った大助の顔は、呆《あき》れかえっていた。まるでバカを見るような目つきである。

「バカ亜梨子」

それが、トドメだった。亜梨子の頭に急激に血が上る。

「な、な、なんなの、その態度は！　いったいどういう人生を送ってくれば、そこまでヒネくれられるわけ？　人が生まれてはじめて、素直《すなお》に謝ってるのに！」

「う、生まれてはじめてなのか？　そっちこそ一体どんな人生を送ってきたんだ！」

「もういい、わかったわ。アンタには口で言っても分からないのね。こうなったら、体で分からせるのみ！　くらいなさい、亜梨子ドロップキック！」

「ちょっ、待っ……！　ここでそれはシャレにならな──」

少年の声は早朝の静寂《せいじゃく》に響《ひび》き渡った水飛沫《みずしぶき》の音にかき消された。

04. 夢託す狩人

MUSHIUTA
bug
1st.

雲間から差し込んだ月明かりが、暗闇《くらやみ》を切り裂《さ》いた。

地上から十数メートルの高さで、銀色の輝《かがや》きが瞬《またた》く。満月の明かりを反射して輝くそれは、ゆっくりと地上に向かって降りていく。

風に舞《ま》う紙切れのように不規則な落下は、真新しいビルの屋上で止まった。

「……」

〝彼女〟は、自分の肩《かた》にとまった銀光の塊《かたまり》を振《ふ》り向くことはない。息をひそめ、地上を動く様々な影を観察し続ける。

夜の赤牧市は、ネオンと雑音で満たされていた。遠方に見える光の集まりは市の中心街だ。

しかし彼女の視線は、すぐ真下の雑居ビルの隙間《すきま》に向けられていた。

〝彼ら〟は決して賑《にぎ》やかな場所には行かず、遠くからそれを眺《なが》めるだけだ。これまでの経験から、彼女はそのことを知っていた。

ふと視線を感じ、顔を動かす。

暗闇の中に、一対《いっつい》の瞳《ひとみ》が浮《う》かんでいた。そのまま闇を切り取ったような毛色をした黒猫《くろねこ》だ。鉤《かぎ》になった長い尻尾《しっぽ》は敵意に張りつめ、決してこちらに近づこうとしない。

ピクリ、と猫の耳が跳《は》ねた。しなやかな動きで、闇の中へと姿を消す。

『……赤牧市警は、先日より発生している爆発《ばくはつ》事故に関して早急《さっきゅう》に捜査《そうさ》をすすめるとともに、市民からの情報を……なお一部報道にある目撃《もくげき》証言として、〝虫〟の姿を見たという情報に関してはコメントを控《ひか》え……』

静寂に包まれていた屋上に、くぐもった声が響いた。空調機と貯水タンクの向こうから、こちらに近づいてくる。

『これに対し、同市警は、世間で騒《さわ》がれているような存在に関しては全くの事実無根であるとして報道を全面否定し、また……』

懐中《かいちゅう》電灯の明かりだろう。円形の光点が暗闇をさまよい、やがてピタリと止まる。

「誰《だれ》か、そこにいるのか？」

銀色の光に気づいたのか、緊張《きんちょう》した声が響いた。貯水タンクの横から、警備服に無線機とラジオを吊《つる》した男が現れる。

懐中電灯の明かりが、彼女を照らした。

「……っ！」

男は、亡霊《ぼうれい》を見たと思ったに違《ちが》いない。

漆黒《しっこく》のタイツとウェアを身につけ、短いホットパンツとブーツをはいている。その上にまとっているのは、白衣を自分で改造したベルト付きのコートだ。さらに目深《まぶか》にニット帽《ぼう》をかぶり、口許《くちもと》は長いマフラーで隠《かく》している。そんな現実離《ばな》れした衣装《いしょう》に包んだ体を支えているのは、一本の松葉杖《まつばづえ》だ。

また、彼女の肩にとまった光の塊は、一匹《ぴき》の蝶々《ちょうちょう》だった。

銀色に翅《はね》を輝かせるモルフォチョウ――姿形は昆虫《こんちゅう》のそれだが、満月が雲に隠れても輝きを失ってはいない。

「な……だ……誰だ……？」

警備員がかろうじて口をきく。

彼女は気にせず、眼下の町並みを見下ろした。その目つきが突然《とつぜん》、鋭《するど》くなる。

見つけた――。

マフラーの奥で、彼女は笑《え》みを浮かべる。

彼女の目は、薄暗《うすぐら》い路地裏を縫《ぬ》うように走る影《かげ》をとらえていた。影は一つではなかった。人の形をした影の背後には、その何倍もある大きな塊がついて走っている。

突然、彼女の視界が歪《ゆが》んだ。

「……！　くっ……」

膝《ひざ》から力が抜《ぬ》け、平衡《へいこう》感覚が失われる。

もう……時間が、ない――。

心中で呻《うめ》く彼女の身体《からだ》が、グラリと傾《かたむ》く。

「あっ！」

警備員の驚愕《きょうがく》の声は、すぐに遠のいた。

ふらついた彼女の身体が、屋上から地上に向かって落下していた。一瞬《いっしゅん》だけ感じた浮遊感《ふゆうかん》は落下感へと変わり、うるさい風の音が耳を打つ。

このまま地面にぶつかれば、楽になれる……？

スローモーションのように近づきつつある地上の景色を見ながら、そんなことを考える。

このまま夜に墜《お》ちていくのも、いいかもしれない。

自分の命も。夢さえも。

誰にも知られず、きれいに跡形《あとかた》もなく消えられるだろう。彼女の存在をおぼえていてくれる人間など一人もいない。もともと彼女の周りには、誰もいない――。

ぎゅっ、と右手が杖を握《にぎ》りしめる音がした。

地上に落ちる彼女のそばで、銀光がはじけた。

モルフォチョウの躰《からだ》が爆発するように変形し、彼女の全身に触手《しょくしゅ》を巻きつけていく。触手は白衣の内側に滑《すべ》り込み、彼女と同化する。帽子とマフラーの隙間《すきま》から見える頬《ほお》に、銀色の模様が浮かび上がった。

この同化の瞬間が、彼女は好きだった。消耗《しょうもう》し、ボロボロになった身体が生き返り、別の力がみなぎっていく瞬間だ。

モルフォチョウの触手は、松葉杖をも侵食《しんしょく》した。大きく変形した四枚の翅が刃《やいば》となり、彼女の身長よりも大きな銀色の槍《やり》と化す。

「……っ！」

気配を感じ取ったのか、地上にいた人物が夜空を仰《あお》いだ。

歳《とし》は彼女と同じ、十代の前半くらいだろう。真夜中の路地裏には似つかわしくない、小綺麗《こぎれい》な身なりをした少年だ。

ただし少年は一人ではなかった。彼の背後にいたのは、巨大《きよだい》な化け物——八本の太い脚《あし》を蠢《うごめ》かし、分厚い甲殻《こうかく》で躰を覆《おお》った異形の生き物だった。折り重なった長細い翅が、かろうじて昆虫のカミキリムシに似ている。少年に同調するように、怪物《かいぶつ》が触角のついた頭部を持ち上げる。

彼女は少年には目もくれず、怪物めがけて槍を振《ふ》りかぶる。

「なん——」

少年の驚《おどろ》きの声は、爆音《ばくおん》にかき消された。

落下の勢いそのままに、彼女が槍を振り下ろしたのだ。銀色の鱗粉《りんぷん》が吹《ふ》き荒《あ》れ、衝撃《しょうげき》がアスファルトの地面を破壊《はかい》する。震動《しんどう》が人気のない路地裏を突《つ》き抜け、周囲の雑居ビルの窓ガラスが次々と音を立てて割れていく。

「うっ……あぁっ……！」

爆発音が過ぎ去り、路地裏に響《ひび》いたのは少年の苦鳴だった。

土煙《つちけむり》の中から、彼女はゆっくりと姿を現す。歩み寄る彼女に対し、少年が恐怖《きょうふ》の表情とともに後退《あとじさ》る。

苦しげに胸をおさえる少年の横では、躰の半分を失った巨大なカミキリムシが体液をまき散らしていた。――〝虫〟に及《およ》んだダメージは、宿主の精神に影響《えいきょう》する。そのことは誰《だれ》よりも彼女自身が知っていた。

「なんだ……お前……？　オレと同じ、虫憑《つ》き……？」

何の前触《まえぶ》れもなく攻撃《こうげき》され、少年はパニックに陥《おちい》っているようだ。彼女が手にした銀色の槍を見て呻く。

「……」

彼女は答えず、無言で槍を構える。少年の顔が引きつる。

「やめ――」

下段から振り上げた槍から、銀色の鱗粉がはじけ飛んだ。衝撃の波が少年の横を通り過ぎ、身もだえる〝虫〟を包み込む。

「っ！」

少年がのけぞった。跡形もなく消し飛んだ〝虫〟を振り返ることもなく、地面に両膝《りょうひざ》をつく。

少年の顔からは生気が消え失《う》せ、ガラス玉のような瞳《ひとみ》でじっと地面を凝視《ぎょうし》している。

死んでいるわけではない。しかし、生きているようにも見えない。そんな少年を見下ろし、彼女は唇《くちびる》を噛《か》む。

「コイツも、違《ちが》う……」

爆発の余韻《よいん》に混じり、サイレンの音が聞こえた。連日発生する『爆発事故』に、さすがに対応が早くなってきているようだった。

彼女の身体から、銀色の触手が分離《ぶんり》する。白衣に松葉杖《まつばづえ》という元の姿に戻《もど》った彼女の肩《かた》に、蝶々《ちょうちょう》の形態を取り戻したモルフォチョウが降り立つ。

「……はぁっ、はあっ……」

同化がとけた途端《とたん》、脱力感《だつりょくかん》が彼女を襲《おそ》った。

息が上がり、ふらついた身体を杖で支える。自分自身の力では立つことすらままならない身体に、激しい苛立《いらだ》ちをおぼえる。

罪悪感は、ない。

むしろ少年を見下ろす自分の胸には、憎悪《ぞうお》にも似た感情しかわかなかった。

「そんな状態でも……生き続けられるだけ、幸せでしょう」

白衣を翻《ひるがえ》し、彼女はその場をあとにした。

どこからか、猫《ねこ》の鳴き声が聞こえたような気がした。

1

〝虫〟──。

少年や少女にとり憑き、彼らの夢や希望を喰《く》って成長する謎《なぞ》の存在。

外見が昆虫《こんちゅう》に似ていることから〝虫〟と呼ばれている。政府の発表では存在しないとされているが、十年ほど前から目撃談が続くうちに人々の間では恐怖心が強く根付いていた。

〝虫〟は人の夢を喰い、代わりに自らの力を宿主に与《あた》える。宿主は力を使うほどに〝虫〟に夢を奪《うば》われ、やがて喰い尽《つ》くされて死に至る。宿主を喰い尽くした〝虫〟は稀《まれ》に成虫化し、おのれの意志のまま凶暴化《きょうぼうか》するといわれる。また〝虫〟を殺された虫憑きは感情も意志もない〝欠落者〟となる──。

夢を喰いつくされての死、もしくは〝虫〟を失って欠落者になる。そんな結末におびえる虫憑きの存在は、立証すらされていない。だが、人々の間での目撃談は増加する一方で、虫憑きは明らかな差別視の渦中《かちゅう》にあった。

「はぁ……はぁ……」

カラ……という軽い金属音が、暗闇《くらやみ》の部屋に響いた。

赤牧市中央総合病院入院棟《とう》3F300号室には、ベッドは一つしかない。他《ほか》の通常の病室は四人から二人部屋になっていて、個室はここだけだ。高級ベッドと大画面のテレビは備えつけのもので、〝彼女〟が持ち込んだのは壁際《かべぎわ》の大きな本棚《ほんだな》だけである。

窓から部屋に入り込んだところで、モルフォチョウとの同化を解く。生身の体ではたとえ健康体であっても、壁《かべ》づたいに三階の部屋に忍《しの》び込むという芸当ができるはずもない。

カラン、と松葉杖が床《ゆか》に転がった。

電気も点《つ》けず、彼女は枕《まくら》もとの棚に置かれたガラス瓶《びん》を手に取る。中にあった錠剤《じょうざい》を、無造作に三粒《つぶ》ほど取り出して飲み下す。

「はぁ……」

動悸《どうき》がおさまっていくのを感じる。

帽子《ぼうし》、マフラー、そして身を包む衣装《いしょう》と乱暴に脱《ぬ》ぎ捨て、それらをクローゼットの奥に押し込む。かわりにベッドに投げ出してあった入院服を身に纏《まと》う。

洗面台に近づき、水差しとコップをつかむ。注《つ》いだ水を飲もうとして、手が止まる。

鏡に、自分の顔が映し出されていた。

わずかな月明かりに照らされた自分の顔は蒼白《そうはく》だった。いくら〝狩《か》り〟のあとで疲《つか》れ果てているとはいえ、十三歳とは思えないほど目つきも鋭《するど》い。自分の姿を見て敵意を露《あらわ》にした猫や、怯《おび》えた警備員の顔を思い出す。

彼女は鏡から目をそらし、一気に水を飲み干す。

「今夜も違《ちが》ったみたいだね、摩理」

コップを置いた鏡の中に、一人の青年が映し出されていた。摩理の背後、本棚の前に置かれた来客用の椅子《いす》に座っている。つい一瞬《いっしゅん》前まで、そこには誰《だれ》もいなかったはずだ。

「……」

彼女――花城摩理は、しかし驚《おどろ》かなかった。

青年は長身で、医者のような白衣を着ていた。ぼさぼさに伸《の》ばした髪《かみ》の奥で、しずかな瞳が摩理を見つめている。

「まだ、続けるつもりかい？　赤牧市は〝あの機関〟の本拠地《ほんきょち》だ。彼らが黙《だま》っちゃいないだろう」

摩理は青年を無視し、ベッドに潜《もぐ》り込む。

「それにエルビオレーネの〝虫〟は、数が多い……お願いだ、もうやめてくれ。もし目的の虫憑《つ》き――〝不死〟の虫憑きを見つけ出すことができたとして、それが君にとって何になるんだ？」

青年の口調は、怒《いか》りを押し殺していた。いや、悲しみなのかもしれない。どちらにしろ、他人にすぎない摩理に対し真剣《しんけん》に語っているのは確かだった。

「摩理……？」

青年のいぶかしげな声が聞こえた。摩理が声を殺して笑っていることに気づいたのだ。

なんにもならないでしょうね——。

彼の言うとおりだ。

夢の続きを見ることもできない、こんな私じゃ……。

まぶたを閉じる間際《まぎわ》、青年の悲しげな目が見えた。

笑いながら、摩理は眠《ねむ》りに落ちていった。

——翌朝。

「また薬が減っているね」

よほど深い眠りについていたようだ。

目を覚ました摩理は、朝日のまぶしさに目を細めた。眠りに落ちると同時に朝になったかのような錯覚《さっかく》をおぼえる。

ベッドのそばに、摩理の主治医が立っていた。錠剤が入ったガラス瓶をもっている。

「たしかにこの薬は血管の収縮をおさえて楽になるが、あまり多用してはいけないと——」

摩理は目をこすり、来客用の椅子を見た。

当然、そこに昨夜《ゆうべ》見た青年の姿はない。

「……」

無言で窓へと視線を移す摩理を見て、中年の主治医が小さく嘆息《たんそく》した。彼の態度が、摩理に対する扱《あつか》いづらさを示していた。

摩理がこの病院に入院して、一年以上が経《た》っていた。先天性の小児性《しょうに》疾患《しっかん》を持つ摩理が、合併症《がっぺいしょう》の心筋梗塞《しんきんこうそく》を引き起こしたのが始まりだった。去年の秋から、摩理は病院の敷地《しきち》を出たことは数度しかない。小学校の卒業式はおろか、編入試験に合格した名門高校、ホルス聖城学園の入学式にも出席していない。

摩理の実家、花城家は政財界に多くの弟子《でし》を持つ華道《かどう》の総本家である。VIPルームとしか言い表しようのないこの病室に摩理がいるのも、その財力と体面からくるものである。当然、病院にも多額の寄付金があり、担当医からすれば間違《まちが》っても彼女の機嫌《きげん》を損《そこ》ねるわけにはいかないのである。

また、扱いに困っている第一の理由は、摩理が自身の症状《しょうじょう》を理解していることだろう。

摩理の体は度重《たびかさ》なる薬物の使用によって、器官そのものが弱っている。さらに動脈硬化《こうか》は頻繁《ひんぱん》になっており、いつ心臓が停止するかも分からない――。

「なるべく薬の使用を控《ひか》えて、体の免疫《めんえき》機能そのものを高めていくよう努力するんだ。そうすれば、すぐにでも退院できる。いっしょにがんばっていこう」

微笑《びしょう》を浮《う》かべ、子供にさとすような口調で主治医が言う。多少ぎこちなさがあるが、摩理を気遣《きづか》っているのは本当だろう。決して悪い医者ではない。

「……」

だが摩理は、無言で窓を見つめ続ける。

主治医はまた嘆息し、「午後にまた来るよ」と言い残し部屋を出て行った。

摩理の朝は、空虚《くうきょ》からはじまる。

退屈《たいくつ》は人を殺す――そう言ったのは、誰だったか。

摩理がベッドで過ごす日々の先には、何もない。あるのは薬の時間と問診《もんしん》、そして消灯だけだ。もともと通院のために休みがちだったために、小学校でも友達と呼べる同級生は作れなかった。中学校に入ってからは一日も登校していない。そのため、見舞《みま》いに来る友人は皆無《かいむ》だった。両親は人付き合いと門下生の稽古《けいこ》のため、年に数度しか顔を出さない。

一日後、一月後、一年後にやってくる日々を予想しても、今の状況《じょうきょう》と変わったことなど思い浮かぶはずがなかった。

だが、そんな静かで退屈で、空虚な日々が変わったのはいつだったか。

「……」

わずかに開いた窓から、朝日を反射する銀色の翅《はね》が舞《ま》い込んだ。

モルフォチョウだ。

摩理に取りついた〝虫〟――それをもたらしたのは他《ほか》ならぬ、今、摩理のそばの椅子《いす》に腰掛《こしか》けている白衣の青年だった。

「新しい本だよ、摩理」

いつからそこに居たのか、微笑を浮かべた青年が一冊の本を摩理に見せる。

青年の突然《とつぜん》の現れ方にも、摩理はもう驚《おどろ》かなくなっていた。

「いま流行《はや》ってるドラマの原作だよ。たまには、こういうのもいいだろ？」

悪戯《いたずら》っぽい笑《え》みを浮かべた青年を見て、摩理は不思議に思った。

――どうして彼は、そんなふうに笑えるんだろう？

摩理がこの青年と出会ったのは、つい数カ月前だった。――数カ月という月日を〝つい〟ですませてしまうほど、退屈なくせに流れるのが早い日々だった。

出会い、摩理は虫憑《つ》きになり、彼は〝虫〟について少なからず摩理に語った。

摩理は、自分を虫憑きにした彼を恨《うら》んではいない。彼が自分と同じくらい、苦しんでいることを知っているから。それも摩理と同様、〝終わり〟の到来《とうらい》を待つ運命にあることを。

「最近は、こういう話が多いね。少し悲しい恋愛《れんあい》ストーリーなんだ。でも楽しいことがいっぱい描《えが》かれていて……」

彼と出会ってから、摩理の日々が変わった。

何一つ目的のなかった摩理に、たった一つだけ待ち望むものができたからだ。

夜——。

摩理は、深夜を待ち望むようになった。

自由に走り、高く跳《と》び、あふれる力を思う存分振《ふ》るうことのできる夜。摩理はそれを手に入れることで、同時に一つの目的を手に入れていた。

「今日は、いいわ。……あの本をとって」

摩理は言い放ち、窓に向かって片手をかざす。彼女の白い腕《うで》にモルフォチョウがとまる。

「また、この本かい？」

苦笑し、青年が持ってきた本を本棚《ほんだな》の端《はし》へ差し込む。かわりに引き抜《ぬ》いたのは、薄《うす》っぺらい本だった。

〝魔《ま》法《ほう》の薬〟というタイトルの絵本である。青年に手渡《てわた》されたそれを枕《まくら》に添《そ》え、摩理はベッドに横になる。

「寝《ね》るわ」

夜に備え、できるだけ体力を温存する必要がある。たとえモルフォチョウとの同化によって肉体を強化できるとはいえ、それを扱うエネルギーは摩理自身によるものしかない。

「……研修は、どうしたの？」

ベッドに入り、しばらくしてから摩理は聞いた。気配はしなかったが、青年がまだ椅子に座っていることが分かった。

「一昨日《おととい》、修了《しゅうりょう》したよ。これでもわりと優秀《ゆうしゅう》なインターン生だったんだぜ？　君と出会ったこの病院ともお別れだけど……これからも時間を見て、会いにくるよ」

「そう……」

相づちをうつ自分の声は、遠くから聞こえてくるかのようだった。あっという間にまぶたが重くなっていく。

夜とはうって変わって浅い眠《ねむ》りの中、摩理は現実と夢の狭間《はざま》にたゆたう。色のない過去の風景が、摩理の脳裏《のうり》を流れては消えていく。

——白衣に身を包んだ不思議な青年との出会いは、夏の晴れた日だった。

冷房《れいぼう》は体に毒という理由で全開にした窓から、セミの声が聞こえていた。そよ風に揺《ゆ》れるカーテンを眺《なが》めていた摩理のもとへ、彼はやってきた。

長身を包む白衣が、当時はまだ不似合いだった。頭はぼさぼさで、まだ学生の雰囲気《ふんいき》が抜けきっていなかったと思う。

彼を連れてきた主治医の話では、彼は大学を卒業したばかりの研修医、つまりインターン生だという。代わり映《ば》えのない日々を送る摩理の、良き話し相手になるだろうとのことだった。

しかし実際は、めずらしい摩理の症状《しょうじょう》を勉強させるためだということくらいは分かっていた。

——お名前を聞いてもいいかい？

彼の第一声は、あまりに摩理を子供扱《あつか》いしたセリフだった。彼女の名前などカルテを見て知っているはずだし、何よりその言葉遣《ことばづか》いが気に入らなかった。

――パトリシアよ。

摩理は不機嫌《ふきげん》な声で、そう言ってやった。

退屈《たいくつ》な日々に摩理をどうにか生かしていたのは、大量の本だった。パトリシアというのは外国の童話を翻訳《ほんやく》した絵本、〝魔法の薬〟に登場するヒロインである。

絵本の内容は、こうだ。

病に伏《ふ》せるパトリシアのもとへ、魔法使いが訪《おとず》れる。

魔法使いが差し出したのは、二種類の薬。天使がくれた薬と、悪魔がくれた薬。

天使の薬を飲めば、大切な人を失う代わりに病が治り永く生き続けることができる。

悪魔の薬を飲めば病気が治ることはないが、大切な人が〝いつまでも〟そばにいて慰《なぐさ》めてくれるという。

パトリシアは、死の間際《まぎわ》まで迷い続ける。

天使の薬を選べば、人々からパトリシアに関する記憶《きおく》が消えてしまう。そのかわり末永い天《てん》寿《じゅ》を全《まっと》うでき、死の恐怖《きょうふ》からは逃《のが》れられる。

しかし悪魔の薬を飲めば――。

結局、パトリシアは悪魔の薬を飲んだ。

彼女はこの世を去り、埋葬《まいそう》される。しかし大切だった人々がいつまでも、彼女の墓へ訪れてくれるという結末。

摩理はパトリシアの選択《せんたく》に、どうしても納得《なっとく》することができなかった。

もし摩理がパトリシアならば、迷わず天使の薬を飲む。病さえ治れば、忍《しの》び寄る死の運命に恐怖することもないだろう。

なぜパトリシアは、悪魔の薬を選んだのか？

答えが分からず、ゆえに摩理はいつもその絵本と向かい合っていた――。

――パトリシア……？

青年は、とまどったようだった。

当たり前だ。彼がそんな絵本のことを知っているとも思わなかったし、学生を卒業したばかりの若い青年に彼女の皮肉を受け止められるとも思っていなかった。

青年がチラリと本棚を見たのが分かった。

そこには摩理が引き合いに出した絵本が収まっていた。

――君は、パトリシアの気持ちが分かるのかい？

彼は苦笑《くしょう》し、言った。

意外な言葉に、摩理は答えられなかった。

摩理はいまだに、パトリシアが下した選択の真意を分からずにいる。

――それで、いいんだ。答えはゆっくりさがしていけばいい。君は彼女と違《ちが》って、たくさんの時間があるんだから。

その日から、青年は時間を見つけては摩理の病室を訪れた。ハードな研修の中でろくに眠っていなかったのか、目に隈《くま》をつくってまでやってきたことがあった。

最初は彼なりに、医者としての使命感のようなものを感じたのかもしれない。若い研修医が、摩理に感情移入してしまうまで時間はかからなかった。

研修の話や、本の話。とりとめのない一方的な話をされるうちに、摩理も言葉は少なくとも彼と会話をするようになった。

病人を救うのが医者としての使命とはいえ、なぜ彼がここまで必死に摩理を気遣《きづか》ってくれるのか分からなかった。

だが、やがて彼の秘密を聞いて納得した。

彼もまた、逃《のが》れようのない運命の糸に絡《から》まられた人間だったのだ。

――摩理。君の夢は、なに？

問われた摩理は、迷わず答えた。その返答が引き起こすであろう事態も、彼から聞いて知っていた。

――私は……生きたい。

唇《くちびる》を嚙《か》みしめ、消え入りそうな声で摩理は言った。彼に涙《なみだ》を見せたのはそれがはじめてだった。そして、彼が摩理の肩《かた》を抱《だ》きしめたのも、その時が最初で最後だった。

──生きてくれ。二人で、夢の続きを見よう……。

摩理は、虫憑《つ》きになった。

彼は摩理に、様々なことを話した。

〝虫〟について。〝始まりの三匹《びき》〟という存在について。そして、〝薬屋大助〟という虫憑きについて。

──彼は、強いよ。迷いながらも、進むべき道を知ってる。僕は実際に会ったことはないけど……ぜひ君には、彼と会ってほしい。

青年はそう言ったが、摩理はそんな人間にはまったく興味がなかった。決して出会うことなどないだろうとどこかで察していた。

それよりも摩理が興味を抱《いだ》いたのは、エルビオレーネ──ある機関では〝大喰《おおぐ》い〟と呼ばれる存在が生んだ虫憑きの話だった。

〝不死〟の能力を持つ虫憑き。

その虫憑きの存在は、〝大喰い〟の存在そのものにも大きく関与《かんよ》している。ゆえにいつかは倒《たお》されなければならない人物であるというが──。

「……」

窓の外に、暗闇《くらやみ》が拡《ひろ》がっていた。

ベッドの横に備えつけられたライトが、〝魔法《まほう》の薬〟の最後のページを照らしていた。

パタン、と絵本を閉じる。

壁《かべ》の時計を見ると、深夜の一時をまわったところだった。

摩理はベッドを降り、クローゼットを開ける。奥に隠《かく》してあった白い衣装《いしょう》を引き出し、入院服から着替《きが》える。

ニット帽《ぼう》とマフラーで顔を隠し、夜闇を映す窓に近づく。

「もうよしてくれ、摩理」

背後から、青年の声がした。

それまで誰《だれ》もいなかった部屋の隅《すみ》に、見慣れた白衣の青年が立っていた。いつものように、扉《とびら》が開いた音はしなかった。

「僕と約束しただろう。いっしょに夢の続きを――」

「自分の体のことくらい、分かるわ」

青年の言葉を、摩理はさえぎる。

「最期《さいご》くらい、私のやりたいことをやらせて」

「最期なんかじゃない。君はまだ……」

青年の言葉を、摩理は無視した。窓を開けると、銀色の光が室内に舞《ま》い込んだ。

モルフォチョウが肩に止まり、躰《からだ》を変形させる。触手《しょくしゅ》が摩理の身体《からだ》と同化し、右手に持った松葉杖《まつばづえ》が銀色の槍《やり》と化す。

摩理の全身に、力が漲《みなぎ》っていく。だが同時に、心の奥底で何か大切なものが蝕《むしば》まれていくのも感じた。

「それに、あなたが言ったんじゃない。あの虫憑き……私なら〝不死〟の虫憑きを倒せるかもしれないって。他《ほか》に誰か、倒せる虫憑きがいるの？」

心にもないことを言う。摩理が〝不死〟の虫憑きをさがすのは、決してそれを倒すためなどではない。

青年が言葉を詰《つ》まらせる。

「でも、それを君がする必要なんてないんだ……！」

「私に力をくれたのは、あなた。だからあなたは最期まで見届ける責任があるわ」

言い放ち、摩理は迷わず三階の窓から飛び降りた。

「摩理！」

風を切る音、両足が勢いよく地面を踏《ふ》む衝撃《しょうげき》。〝虫〟との同化によって強化された摩理の両足が、着地の勢いもそのまま大地を蹴《け》る。

静まりかえった病院の敷地《しきち》を走り抜《ぬ》け、柵《さく》を跳《と》び越《こ》える。

月明かりに照らされた赤牧市を、今夜も銀色の光の軌道《きどう》が駆《か》け抜けた。

2

摩理の朝は、今日も空虚《くうきょ》ではじまった。

「少し寝《ね》たほうがいいね。顔色が良くない」

主治医はそう言って、棚《たな》のガラス瓶《びん》を見る。また錠剤《じょうざい》の数が減っているのを見て嘆息《たんそく》するが、それ以上は何も言わなかった。

ドアを閉じる音が、個室に響《ひび》く。

「……」

入院服のボタンをとめる摩理の髪《かみ》が、窓から吹《ふ》き込んだ風に揺《ゆ》れる。

昨夜《ゆうべ》の〝狩《か》り〟もまた、失敗だった。

目的の虫憑きを見つけられず、別の虫憑きを欠落者にして終わった。

誰もいなくなり、静寂《せいじゃく》に包まれた病室に摩理の奥歯を嚙《か》む音が響いた。

彼の言うことが本当なら、赤牧市にいるはずなのに……どうして見つからないの！

力を込めた指が、シーツに食い込む。

自問しながらも、答えは分かりきっていた。ただでさえ虫憑きの数が、住民の数に比べて圧《あっ》倒的《とうてき》に少なすぎるのだ。その中でたった一人の特定の人間をさがそうとしても、そう簡単にいくはずもない。

摩理のモルフォチョウは、他の虫憑《つ》きを感知する能力のようなものを持っているようだ。そうでなければ虫憑きをさがすこと自体、不可能だっただろう。

当然といえば当然の現状だが、摩理は苛立《いらだ》ちを抑《おさ》えきれない。うまくいくはずがないと分かってやってはいても、打開できない状況《じょうきょう》に悔《くや》しさがつのる。

摩理はベッドに潜《もぐ》り、頭から毛布をかぶる。苛立ちと焦燥感《しょうそうかん》で、全身が震《ふる》えていた。

「摩理」

声がした。

今さら驚《おどろ》くこともなくなった。ベッドの横の椅子《いす》に、白衣の青年が座っているのだろう。

「せめて今夜は、外出するのはやめたほうがいい。このままじゃ――」

「時間がないのよ！」

ベッドの中で、思わず大声で怒鳴《どな》る。青年が息をのむ気配が伝わった。

そう、自分には時間がない。

これまで空虚と退屈《たいくつ》しかなかった、変わらぬ日々が変わりつつあった。摩理はそのことをはっきりと実感していた。

体がガクガクと震えていた。先ほどまでのように苛立ちからくる震えではない。隠しようのない恐怖《きょうふ》と不安が、摩理をシーツにしがみつかせていた。

「体にちっとも力が入らなくなってるの！　一昨日《おととい》より昨日、昨日より今日のほうが……！　きっと明日はもっと！　どうなってるのよ、私の体は！　どうしてこんなにボロボロなの！　どうして、私だけ……！」

摩理の声は、最後はみずからの嗚咽《おえつ》にかき消されていた。

怖《こわ》い。

死ぬのが、怖い。

このまま誰《だれ》にも知られず、誰の記憶《きおく》にも残らず、このまま跡形《あとかた》もなく消えてしまうのがどうしようもなく恐《おそ》ろしかった。

それとも、私は最初からいなかったのと同じことなの——。

頭をよぎった考えに、ぞっと背筋が凍《こお》る。

そんなの、いや……私はここにいるわ。花城摩理は、ここにいる。

考えるほどに、絶望が足元から忍《しの》び寄る。

この……誰も来ない、誰も知らない小さな部屋に……いるのよ……。

もう、声は出なかった。怒《いか》りから恐怖へと変わった体の震えが、今度は切なさに変わっていた。光の届かない毛布の下で、摩理の口から嗚咽とすすり泣く声だけが漏《も》れる。

パトリシアになりたい……私はまだ、死にたくない……。

もし摩理があの童話の主人公なら、天使の薬を飲む。

どうせ大切な人間などいない。大切に思ってくれる人間もいない。ならばせめて、この死に繋《つな》がる恐怖と不安だけでも消えてくれなければ、不公平ではないか？　窓の外には、摩理のことなど知らずに楽しい人生を楽しんでいる人々がいるというのに——。

「……天使の薬をちょうだい……ねえ……」

かすれた声で哀願《あいがん》する摩理。

「……」

青年は、何も言わなかった。彼の性格だ、自らの無力に唇《くちびる》を噛んでいるのは容易に想像できる。だが、それだけでは摩理にとって何の救いにもならない。

「ねえ……お願い……」

摩理のうめき声は、誰もいない病室に響く。

——泣いているうちに、摩理は眠《ねむ》りに落ちていたようだ。

ドアをノックする軽い音で、目を覚ます。

「……」

摩理は毛布をどけ、上半身を起こす。

主治医の問診《もんしん》だろう。黙《だま》っていれば入ってくるはずだ。自分の頬《ほお》に涙《なみだ》の痕《あと》がないことと、外来用の椅子に白衣の青年がいないことを確認《かくにん》する。

泣けるだけ泣いたせいか、気持ちは平穏《へいおん》を取り戻《もど》していた。

否《いな》、空虚だけが胸を埋《う》めていた。

──どうせ、なるようにしかならないわ。その程度のことよ。

目を細め、窓から見える景色を眺《なが》める。外を横切る鳥の姿も、色あせて見えた。

しばらく待っていると、またノックが聞こえた。

「……？」

摩理は眉《まゆ》をひそめる。いつもなら、摩理の声を待たず主治医が入ってくるはずである。

するとドアの外から、ぶつぶつと誰かが呟《つぶや》く声が聞こえた。

「寝《ね》てるのかしら……そうなるとわざわざ起こしちゃ悪いわね。なにごとも第一印象が大事っていうし……ってそんな、お見合いじゃないんだから……」

ますます摩理は眉根《まゆね》を寄せる。

なに……？　ドアの外にはなにがいるの？

「まさか、具合が悪くなって倒《たお》れてるとか……いやいや、まさか……ででも、もしそうなら、こうしてる場合じゃないわ！」

慌《あわ》てた声が聞こえたかと思うと、バンッ、と勢いよく病室の扉《とびら》が開いた。

「……」

摩理は、唖然《あぜん》としてその珍客《ちんきゃく》を見つめた。

「……」

ドアの取っ手をつかんだまま、珍客のほうも摩理の顔を凝視《ぎょうし》していた。

「…………」

見つめ合った状態で、沈黙《ちんもく》が両者の間に落ちる。

……だれ……？

摩理の頭が、疑問符《ぎもんふ》でいっぱいになる。だが直後、それらは一瞬《いっしゅん》にして吹《ふ》き飛んだ。

「……こんにちは！」

みずからの奇行《きこう》を誤魔化《ごまか》そうとしたのか否か、少女が満面の笑《え》みとともに言った。

摩理は一言も声を出せず、ただ一点の曇《くも》りもない笑顔に見入ってしまっていた。

それが摩理とその少女、一之黒亜梨子との出会いだった。

「あの……」

摩理は、その一言を発するのが精一杯《せいいっぱい》だった。なにが起きているのか、まるで理解できなかった。

部屋を間違《まちが》えてるんじゃ――。

そう言おうとした摩理をさしおいて、少女が問答無用で室内に入ってくる。細い花束を持ったまま、キョロキョロと部屋を見回したかと思うと、洗面台に向かってツカツカと歩いていく。

「もしかしたら倒れちゃったりしてるんじゃ、なんて思ったけど元気みたいで良かったわ。花の他《ほか》にも差し入れを持ってこようと思ったけど、果物の詰《つ》め合わせみたいなのもありがちだと思って、やめたの。だから今日、リクエストを聞いていくわ。次に期待しておいてね。この花、生けておくわね。それにしても変わった花瓶《かびん》ね」

「……」

呆然《ぼうぜん》と動けずにいる摩理の目の前で、少女は思うがままにしゃべり、行動していた。

入院している時点で元気ではないとか、花を生けたのは花瓶ではなく水差しであるとか、そもそも華道《かどう》をたたき込まれた摩理から見れば恐《おそ》ろしいとしか言いようのない花の組み合わせだとか、そういった指摘《してき》を少女の存在そのものが見事にはねのけていた。

快活で軽快な動きに加え、幼さの残る顔立ちは健康的でまぶしいほどだ。後頭部でしばった長い髪《かみ》はつややかで、紐《ひも》をとればさぞ綺麗《きれい》にほどけるだろう。摩理よりも小柄《こがら》だが、着ているのはどこかの学校の制服のようだ。

「あの……？」

部屋の主人である摩理を無視し、自由に動き回る少女に苛立《いらだ》ちをおぼえた。眉をひそめ、口調を強くする。

すると少女は一仕事終えたとばかりに、ふぅと息をついた。勝手に来客用の椅子《いす》に座り、摩理と同じ目線で微笑《びしょう》する。

その屈託《くったく》のない笑顔と、吸い込まれそうな大きな瞳《ひとみ》に摩理の毒気が抜《ぬ》かれる。

「はじめまして、花城摩理さん」

摩理は目を見開く。部屋を間違えたわけではなかったようだ。

「私は一之黒亜梨子。あなたのクラスメートで、出席番号は女子の中では一番よ」

その言葉で、摩理は思い出した。

亜梨子という少女が着ている制服、それはホルス聖城学園中等部の制服に他ならなかった。入学以来、摩理が一度も袖《そで》を通したことのないものだ。

急な自己紹介《しょうかい》に、摩理はうろたえてしまう。

「一之黒……亜梨子？」

口の中で、少女の名前を復唱する。やはり摩理におぼえはない。摩理は中学校に入学してから一度も登校したことがない。

目にかかった髪をどけ、そのまま指で髪を梳《と》かす。亜梨子の視線から逃《に》げるように、目線が自分の膝《ひざ》の辺りをさまよう。

どうして……私のところに？　一度も会ったことない、わよね……？

同年代の相手と向き合うなど、じつに久しぶりのことだった。それもこんなに面と向かって一対一で話すことなど、いつ以来だろうか。得体の知れない来訪者に対し、恐怖《きょうふ》すらおぼえている自分に気づく。

「ごめんなさい。私、クラスメートの名前も顔も分からなくて……」

消え入りそうな声で言う摩理に対し、しかし亜梨子は嬉《うれ》しそうに笑った。

「うん、そうよね。だから、はじめまして」

落ち着きなく動く摩理の手を、亜梨子が両手で握《にぎ》る。ビクリ、と摩理は肩《かた》を震《ふる》わせる。

「……」

摩理は、おそるおそる亜梨子の顔を見た。亜梨子はニコニコと微笑《ほほえ》んだまま、彼女の顔をじっと見つめ返している。

勝てるわけがなかった。笑顔に屈服《くっぷく》する形で、摩理は小声でポツリと呟《つぶや》く。

「……はじめまして」

亜梨子が表情を輝《かがや》かせた。ほんの少し、ほっとした顔を見せたのが分かった。

彼女が言うには、亜梨子は入学した当時から一度も登校しない摩理を、ずっと気にしていたという。一学期が過ぎ、夏休みを終え、二学期になってからも姿を現そうとしない摩理は一体どんな少女なのだろうと想像していたそうだ。

「でも、どうして急にここへ……？」

摩理がたずねると、はじめて亜梨子は言葉を濁《にご》らせた。

「その……転入生が来たのよ」

「転入生？」

「それで、その子があなたの机を使うことになったのよね」

摩理は、目を見開いた。心の奥で、何かがヒビ割れる音が聞こえた気がした。

口許《くちもと》に笑みが浮《う》かんだ。

私の存在なんて、誰《だれ》も気づかない……誰の記憶《きおく》にも、残らない。

目に浮かぶようだ。それまでぽっかりと無人だった空席が埋《う》まり、自然さを取り戻《もど》した教室で談笑《だんしょう》しあう生徒たち——それは紛《まぎ》れもなく、摩理という異質な空洞《くうどう》が消えたことによる平和な風景である。

私なんて最初から、どこにもいないのと同じ——。

シーツを握りしめる手が、震えていた。

「でも、安心して！　私が先生にモーレツ抗議《こうぎ》して、新しい机と椅子を用意させたから！」

亜梨子が、勢い込んで言った。

摩理は驚《おどろ》いて顔を上げる。

「え……？」

「だって、そんなのどう考えてもおかしいじゃない。いくら一時的なものとはいっても、ちゃんとそこにいるクラスメートの席を奪《うば》うなんて。ゼンゼン納得《なっとく》がいかないわ！」

「……」

激情に揺《ゆ》れていた摩理の心が、真っ白に染まっていた。

ちゃんとそこにいる——亜梨子は今、間違《まちが》いなくそう言った。

言葉を失っている摩理に気づかない様子で、亜梨子は身振《みぶ》りをまじえて一方的にしゃべり出した。教師との口論の様子や、同意を示す周りの生徒たちの声。そしてこの機に見舞《みま》いに訪《おとず》れることを思い立ったが、花を選ぶ時の苦悩《くのう》から、ドアを開けるまでの亜梨子の心の葛藤《かっとう》。初対面の相手に失礼な態度をとらないよう、ずいぶん自分の中でリハーサルをしていたという。

　摩理は「そう……」とか「うん」といった相づちをうっていた気もするが、始終、亜梨子の存在感に圧倒《あっとう》されていた。

　一方的で奇妙《きみょう》な会話は、看護師に面会時間終了《しゅうりょう》を告げられるまで続いた。

　椅子《いす》から立ち上がると、亜梨子が無邪気《むじゃき》にそうたずねてきた。

「また明日も、来ていい？」

「え……」

　摩理は戸惑《とまど》い、口ごもる。生まれてはじめての問いに、何と答えていいか分からない。

「負担に……なるといけないし、べつに来なくても……」

　小さな声で、無意識にそう答える。心のどこかで苛立《いらだ》ちと、そして今まで感じたことのない不思議な感情が揺れ動いていた。

　どうせ社交辞令に決まってるわ——。

　せめぎあう感情を抑《おさ》えようと、胸を手で押さえる。亜梨子が不思議そうな顔をした。

「なんで？　私は問題ないわよ。それじゃあ、また明日ね」

　言い残し、亜梨子は去っていった。

入れ替《か》わりに主治医が訪れ、定時の問診《もんしん》を終えて「おやすみ」と去っていく。

消灯時間になり、部屋が暗闇《くらやみ》に包まれる。

しかし摩理は、ベッドに潜《もぐ》る気にはなれなかった。

なんだったの、あの子は……？

亜梨子が去ってから、問診中でさえ、摩理は軽いパニック状態に陥《おちい》っていた。

何の前触《まえぶ》れもなく訪れ、言いたいことを言って去っていってしまった。彼女の真意が、目的が、さっぱり分からない。なぜ一度も顔を合わせたことがないのに、ここへやって来たのだろう。なぜあれほど、親しげに話せるのだろう。

「一之黒……亜梨子」

我知らず、少女の名を口にする。

「女の子がお見舞いに来てくれたそうだね」

「……！」

いつの間にか、白衣の青年が椅子に座っていた。いつもは驚いたりはしないのに、思案の最中だったせいか摩理は身を固くする。

「よかったね、摩理」

青年が微笑《びしょう》する。

摩理は、頰《ほお》が熱くなるのを感じた。ベッドに横になり、青年から顔をそむける。

「よくなんて、ないわ……！」

「どうして？　嬉《うれ》しくなかった？」

「嬉しい？……そんなわけないじゃない」

言ってから、摩理は自分の心の半分を占《し》める、苛立ちの正体に気づいた。

「私にはただ、元気な自分を見せつけにきたようにしか見えなかった……！　あの子がここに来たのだって、同情以外の何物でもないじゃない！」

顔を歪《ゆが》め、荒々《あらあら》しく言い放つ。

そう、摩理の目に亜梨子という少女の姿はまぶしく映った。

だが反面、亜梨子からは摩理の姿はさぞ同情をひいたことだろう。そう考えると悔《くや》しさと怒《いか》りで心が荒《あ》れた。

私も、あの子みたいになれたら――。

心の奥で、誰かが囁《ささや》いた。それが素直《すなお》な自分の本音だと気づき、しかし認めるのが嫌《いや》でわざと怒りを高める。

「同情してるに決まってるの……私のことなんて、ただの可哀想《かわいそう》な同級生としか……」

言いながら、唇《くちびる》を噛《か》む。

本当に、亜梨子は摩理に同情していたのだろうか？

亜梨子の大きな黒い瞳《ひとみ》。あの眼差《まなざ》しが一度でも、そんな目で摩理を見た？

自問するほど、後ろ向きでしかない自分が浮《う》き彫《ぼ》りになって苛立ちが増していく。

「また来てくれるといいね」

「どうせ来ないに――」

思わず言い返そうとしたが、むせて咳《せ》き込んでしまう。

とっさに身を起こし、水差しへと手を伸《の》ばす。だがつかむ直前、ピタリと手がとまる。

「くっ……」

「それじゃ、飲めないね」

青年が噴《ふ》き出す。

水差しには、バランスも配色も考えなしの花がささったままだった。

顔を赤くし、ベッドの中で丸くなる摩理。

夜が深まっても、眠気《ねむけ》は訪れなかった。頭の中で、亜梨子との会話が鮮明《せんめい》に繰《く》り返され、それが終わると最初に巻き戻《もど》されてまた再生される。

ちゃんとそこにいる――。

「そうよ、私はここにちゃんといるもの……ここに……」

摩理の呟《つぶや》きは朝方、プツリと睡魔《すいま》に意識が断《た》ち切られるまで続いた。

目が覚めたのは、陽《ひ》も高くなった頃《ころ》だった。

真昼の日差しはすぐに、摩理の眠気を吹《ふ》き飛ばした。

「よく寝《ね》ているみたいだったから、午前中の診断はキャンセルしたよ」

昼食を運ぶ看護師とともにやってきた主治医は、笑《え》みとともにそう言った。彼が横目に見た先には、棚《たな》に置かれたガラス瓶《びん》があった。中身は、昨日から減っていない。

「……」

時間が経《た》ち、摩理の苛立《いらだ》ちはいっそう増していた。よけいなことを考えすぎたことで体力を使ったせいか、いつもは半分以上残す昼食もきれいに平らげていた。

午後。

〝魔法《まほう》の薬〟を開いている摩理のもとへ、いつものように白衣の青年が現れた。

「今日は顔色が良《い》いみたいだね」

「良いことなんて、なにもないわ。誰《だれ》かのせいで、昨夜《ゆうべ》は出かけるのを忘れてしまったんだもの。一日だってムダにできないのに……」

「その誰かは、今日も来てくれるかな」

ピクリ、とページをめくる摩理の手がとまる。もともと上の空で、本の内容など頭に入っていなかった。

本当は、そのことばかり考えていた。期待するだけムダだし、期待した分、来なかった時に落胆《らくたん》することも知っている。ならば、最初から来ないと思っていたほうが良い。

「だから、来るわけがないって言ってるでしょう？　もう昨日で満足したに決まっているもの。

いまごろ私のことなんてきれいに忘れているわ」

「そうかな？」

「何度も言わせないで」

摩理と青年の口論は、しばらく続いた。

来た。

摩理の複雑な心中など知らず、それは当然のようにあっさりとやってきた。

扉《とびら》をノックする音が聞こえた。

すでに青年は姿を消し、室内には摩理一人しかいない。

硬直《こうちょく》する摩理の耳に、再びノックが聞こえる。そして、ドアの向こうから声。

「……寝てるのかしら……起こしたらいけないわよね。でももしかしたら……」

このままだと、昨日のように乱暴にドアが開かれるのは必至だ。

毎日、同じコトを繰り返すつもりかしら——。

摩理は呆然《ぼうぜん》と扉を見つめながら、思う。

毎日——。

絵本を閉じる摩理の心から、様々な葛藤《かっとう》がウソのように消えてなくなっていた。

摩理の目の前で、扉が勢いよく開いた。

「こんにちは」

飛び込んできた亜梨子に向かって、笑顔で言う。

亜梨子は驚《おどろ》いた顔をしたが、すぐににっこりと笑い返してきた。

「こんにちは！」

3

椅子《いす》に座るなり、亜梨子は「失敗したわ」と言った。

「昨日、リクエストを聞くのをすっかり忘れてたのよ。なにか欲しいもの、ある？　明日は必ず持ってくるから」

いきなり明日のことを切り出され、摩理は困惑《こんわく》してしまう。

「べ、べつに何も……」

「そう？　まあ、いいわ。思いついたらなんでも言ってちょうだい」

「い、一之黒さんは……」

「亜梨子」

「え？」

「イチノクロサンなんて、いちいち呼びにくいでしょ。だから亜梨子でいいわ。私もあなたのこと名前で呼ぶから。ね、摩理？」

膝《ひざ》の上で組んだ両手と亜梨子の顔。両者の間を落ちつきなく交互《こうご》に視線を動かす摩理に対し、亜梨子は正面から摩理の顔を見つめる。摩理は、そんな彼女の視線を受け止められず目をそらしてしまう。

「亜梨子……は、こんなところに来ていて、大丈夫《だいじょうぶ》なの？」

「大丈夫って？」

「他《ほか》の用事とか……」

「ああ、放課後はだいたい、ヒマだから大丈夫よ。他の友達はみんな、部活で誰も遊べないし。私も家に帰ったところですることなんてないしね」

洗面台で水差しの水を入れ替《か》えながら、亜梨子が笑う。彼女はいつになったら、それが花瓶《かびん》ではないことに気づくのだろう。

摩理が問いかけると、亜梨子は自分が部活に入っていない理由を話した。

彼女の実家では旧時代の風習の名残《なごり》で毎朝、武芸の稽古《けいこ》をしているのだという。それだけでもウンザリしているというのに、放課後にまで激しい運動をしていられないとのことだった。また文化部のように、室内で何かをするような気性《きしょう》でもないという。

「学校に来られるようになったら、摩理はどの部に入るの？」

亜梨子の問いに、摩理は黙《だま》った。

摩理の症状《しょうじょう》は重く、登校できる予定はない。摩理自身、学校に通う自分を想像もしていなかった。

「本がいっぱいあるわよね。本が好きなら、読書部かな?」

亜梨子が本棚《ほんだな》に歩み寄る。〝魔法《まほう》の薬〟と題された本を手に取り、ページをめくる。

それらの本は、退屈《たいくつ》を紛《まぎ》らわせるためのものだ。決して好きで増えたわけではない。

「毎日、外に出たいな。ピクニックとか、旅行とか……とにかく遠くに行きたい」

思わず、言葉が口をついて出る。

想像してみる。

摩理はホルス聖城学園に通い、授業を受け、体育で身体《からだ》を動かす。放課後は友人と談笑《だんしょう》し、部活動に励《はげ》む。亜梨子ではないが、摩理もまた文化部で室内にこもるつもりはなかった。どこかに閉じこめられるのは、もううんざりだった。

亜梨子がきょとんとした顔で摩理を見ていたが、すぐに邪気《じゃき》のない笑顔《えがお》を見せる。

「摩理って、ちょっと変わってるわね」

その言葉に、摩理は最大ダメージの衝撃《しょうげき》をおぼえた。

か……変わってる? 私が?

「ピクニック部や旅行部なんて、そんな部があるわけないじゃない」

朗《ほが》らかに言い切られ、摩理は思わず腹が立った。

百歩ゆずって摩理が他人と違《ちが》う部分があったとして、それを亜梨子に指摘《してき》されるのは心外だった。

「あ……亜梨子のほうが、変わってるわ」

おずおずと、しかし口を尖《とが》らせ、摩理は言い返す。

すると今度は、亜梨子が衝撃を受けたようだ。ベッドに身を乗り出してくる。

「え、ウソっ？　私、変わってる？　なにかヘン？　言っておくけど身長とかは、はっきり言って平均の範囲《はんい》内よ、たぶん」

摩理が言ったのは水差しを花瓶がわりに使ったり、早合点してドアを乱暴に開いたり、亜梨子のマイペースな行動に対するものである。どうやら本人は自覚がないようだ。

亜梨子の話は、また面会時間が終わるまで続いた。主な話題は、自分よりもヘンだという同級生たちの話だった。摩理はまた相づちをうつくらいしかできなかったが、話を聞いているかぎり亜梨子ほど強力なキャラクターはいないように聞こえた。

「今日は昨日より顔色いいよね。ちょっと安心した……」

去り際《ぎわ》、亜梨子がそんなことを言った。

摩理は驚き、胸をおさえる。無意識に、作り笑いで驚きを隠《かく》す。

「体調は……波があるから……」

「他のトモダチにね。アンタみたいな子がお見舞《みま》いにいったら、よけいに具合が悪くなっちゃうんじゃない？　とか言われちゃって」

摩理は顔を上げる。

「たはは、ジョーダンだって分かってるんだけど。こんな性格だから、言われるまで相手の気持ちに気づかないこと多くて。ひょっとしたら迷惑《めいわく》なのかもって」

「そ、そんなこと……！」

反射的に、摩理は否定する。そんな彼女の反応を見て、明らかに亜梨子は安堵《あんど》したようだった。

「よかった。それじゃあ、また明日ね」

笑顔でひらひらと手を振《ふ》り、亜梨子が部屋をあとにする。

また明日——。

亜梨子の言葉の余韻《よいん》が、摩理の頭の中で何度も反響《はんきょう》する。

「……」

音をたてて閉まる扉《とびら》を見つめる。

病室が孤独《こどく》な静寂《せいじゃく》を取り戻《もど》すと、つい今し方まで亜梨子がいた時間が夢や幻《まぼろし》のように感じられた。摩理の息づかいだけが響《ひび》く空間が、これまでのこの部屋の当たり前の姿だった。

主治医が訪《おとず》れた。就寝《しゅうしん》前の問診《もんしん》を受ける。

「友達ができたみたいだね」

白衣を着た中年医の言葉で、亜梨子の存在が幻ではなかったことを再認識《かくにん》する。

主治医が去り、就寝時間になる。

「……」

明かりを消した病室で、ベッドの中から天井《てんじょう》を見上げる。

時計の針が午前一時を指したところで、摩理はベッドから降りた。それまで何をずっと考えていたのか、自分でもよく覚えていなかった。

クローゼットを開け、〝狩《か》り〟用の白衣に着替《きが》える。

「また、行くのかい？」

窓から飛び降りようとした摩理の背後から、声が響いた。

振り向くと、薄暗《うすぐら》い部屋の隅《すみ》に白衣の青年が立っていた。

「しっかりと寝《ね》て、食べて、体調を整えておくべきじゃないのか？　君が体調を崩《くず》せば、お見舞いの子も心配するよ」

「……関係ないわ」

窓から舞い込んだモルフォチョウが、摩理と同化する。帽子《ぼうし》とマフラーの間にのぞく頬《ほお》に、銀色の模様が刻まれる。輝《かがや》く槍《やり》が、摩理の横顔を照らす。

「どうせ――」

飽《あ》きたら、来なくなるんだから。

その言葉は、喉《のど》につかえて出なかった。

どうして自分は、素直《すなお》に喜べないのだろうか？　孤独から逃《のが》れることは、摩理の望んだことではなかったのだろうか？

それとも長い間、一人でいすぎたせいで喜び方までも忘れてしまったのだろうか？

「……」

唇《くちびる》を噛《か》み、青年から視線をそらす。窓に手をかけ、迷わず虚空《こくう》へ身を躍《おど》らせる。

耳元で風が唸《うな》った。重力に捕《と》らえられ、地面に向かって落下する。

着地の衝撃《しょうげき》も、強化された両脚《りょうあし》はなんなく吸収した。雑草の生えた地面を踏《ふ》み込み、勢いよく敷地《しきち》内を駆《か》ける。

柵《さく》を跳《と》び越《こ》え、人目のない路地を選んで駆け抜《ぬ》ける。

夜闇《よやみ》を走っていると、よけいな考えが風に乗って吹《ふ》き飛んでいくようだった。

本当は落ち着かない気持ちを抑《おさ》えるために、病室を飛び出した。だが走っているうちに、本来の目的を思い出す。

今夜こそ、見つけてみせる……〝不死〟の虫憑《つ》き……！

目的を自分に言い聞かせることで、やっと一之黒亜梨子という少女のことを頭から追い払《はら》うことができた。

あんな子のことを考えてる時間なんてない……私には、しなきゃいけないことがあるんだから！

槍を握《にぎ》る手に、力を込める。

今夜は月明かりがなかった。人通りを避《さ》けて走り続け、雑居ビルの中の一つに目をつける。跳躍《ちょうやく》し、雨どいを蹴《け》り、柵に手をかけて宙返りをする要領で屋上に立つ。

注意深く周囲を探《さぐ》る。

人の気配はない。だがかわりに、小さな先客がいた。

「また会ったわね」

鉤尻尾《かぎしっぽ》の黒猫《くろねこ》が、摩理を見て総毛立たせていた。特徴《とくちょう》のある尻尾で先日、別のビルで見かけた猫だと確信する。

「あなたのお家《うち》は、いくつあるの……？」

しずかに問いかける。だが黒猫は敵意を露《あらわ》にし、すぐに逃《に》げ去ってしまった。少し寂《さび》しい思いと、安眠《あんみん》の邪魔《じゃま》をして悪いことをしたという気持ちがよぎる。

「……」

黒猫の背中を見送る摩理の身体《からだ》から、モルフォチョウが分離《ぶんり》する。たちまち疲労感《ひろうかん》が押し寄せ、その場に座り込む。

あとは、待つだけだ。

摩理は自らの膝《ひざ》を抱《かか》え、じっとその時を待つ。そうしていると頭に浮《う》かんだのは、やはり亜梨子のことだった。

そっか——。

摩理は、自分が混乱している理由に気づいた。

理由なんて、最初からなかったんだ……。

今まで摩理は一人きりで、亜梨子ほど近い距離《きょり》に二人でいることなどなかった。生まれてはじめての経験だから、どうすればいいのか、どう感じればいいのか分からない。それはある意味、当然の戸惑《とまど》いだったのだ。

両膝に顔を埋《うず》め、穏《おだ》やかな気持ちで考える。

これから私、どうなっちゃうのかな……。

はじめて想像する、死以外の未来だった。亜梨子はまた、あの部屋にやって来るのだろうか。亜梨子がやって来た時、摩理はどう接するのだろうか。

もしかしたら、いつか私もあの子みたいに……あの子といっしょに学校に……。

とくん、とくん……と脈打つ心臓の音が聞こえる。

昼間から一睡《いっすい》もしていなかったせいだろう。ウトウトと、摩理が夢と現実の狭間《はざま》にさまよっていた時だった。

「！」

夜空を舞《ま》っていたモルフォチョウが、輝きを増した。光り輝《かがや》く鱗粉《りんぷん》の帯を残し、空中をせわしなく舞う。

来た……！

ハッと顔を上げ、杖《つえ》を手に立ち上がる。

「今夜は、大漁ね……」

地上を見下ろすと、裏路地を歩く三人組の少年が見えた。警戒《けいかい》するように辺りを見回しながら歩いてるようにも見える。目をこらすと、少年たちそれぞれの周りに小さな昆虫《こんちゅう》が飛びかっているのが見える。

モルフォチョウが、摩理と同化する。光り輝く槍《やり》が、それらの昆虫がただの虫ではないことを告げていた。

「いちどに三人は、はじめてだわ」

銀色の模様が浮かんだ顔で、摩理はニヤリと笑う。

摩理のモルフォチョウは、他《ほか》の〝虫〟の接近を知らせるセンサーのような能力を備えている。その力を使い虫憑きが〝網《あみ》〟にかかるのを待つのが、摩理の〝狩《か》り〟の手段だった。

摩理は屋上から宙へと身を躍らせる。

「……！」

こちらに気づき、少年三人が夜空を見上げる。

あなたたちの驚《おどろ》く顔は、もう見飽《みあ》きているのよ——。

冷静に槍を振《ふ》りかぶる摩理。

また試《ため》させてもらうわ……あなたたちが〝不死〟の虫憑《つ》きかどうか！

いつも通りの不意打ち。いつも通りの反応だった。しかし――。

「で、出た……！」

「リナたちに知らせろ……！」

「いや、ここで倒《たお》して――」

摩理は一瞬《いっしゅん》、槍を振り下ろすのをためらう。

少年たちの様子は、これまでの虫憑きと違《ちが》っていた。三匹《びき》の〝虫〟が巨大化《きょだいか》し、地面に着地した摩理を取り囲むように移動する。

マフラーの奥から、鋭《するど》い視線で三人の様子を観察する。少年たちは緊張《きんちょう》した顔で、摩理の動向をうかがっていた。中には恐怖《きょうふ》におびえ、体が硬直《こうちょく》している者もいる。

三人ともエルビオレーネの虫憑き……でも、この人たち――私を待ちかまえていた？

摩理の登場に驚きこそしたようだが、混乱している様子はない。明らかに摩理が彼らに危害を加えようとしていることを知っている。

「特別環境保全事務局……なの？」

摩理が思い浮かべたのは、その単語だった。低い声で問いかける。

「その声……お、女？」

「俺たちが特環だと？」

「あんな連中といっしょにするな！」

怒鳴《どな》り、〝虫〟の一匹が摩理に向かって襲《おそ》いかかる。

どうやら、彼らは違《ちが》うようだ。

特別環境保全事務局。

白衣の青年から聞いた、虫憑きでありながら虫憑きを捕獲《ほかく》するための政府機関。摩理の記憶《きおく》にあるかぎり、他に虫憑きが団結を組んでいる組織は聞いたことがない。

摩理は鋭く槍を振り払《はら》う。

銀色の鱗粉が、襲いかかった〝虫〟を両断した。一瞬遅《おく》れて衝撃波《しょうげきは》が吹《ふ》き荒《あ》れ、そばに建っていたビルの壁《かべ》を破壊《はかい》する。

「なっ……」

あまりにもケタ違いの破壊力に、少年たちの顔が青ざめる。殺された〝虫〟の宿主だろう、一人の少年が断末魔《だんまつま》の表情でくずおれる。

これも、違う——。

横目で倒れる少年を見やり、落胆《らくたん》のため息をつく。

少年たちが誰《だれ》であろうと、摩理には関係がない。確かめるべきはたった一つ、彼らのうち誰が目的の虫憑きであるかどうかだけだ。

「う……わあぁあっ！」

「くそぉっ！」

残る二人のうち、一人が襲いかかってきた。もう一人は完全に戦意を失い、摩理に背を向けて逃走《とうそう》する。

巨大な〝虫〟が摩理めがけて、鋭い爪《つめ》を振り下ろす。だが大人の胴体《どうたい》ほどはありそうな太い爪を、摩理は槍の柄《え》で受け止めた。

「ふっ！」

爪を受け止めた部位を視点に、石突《いしづ》きで〝虫〟の胴体を叩《たた》き上げる。甲殻《こうかく》にヒビが入る音が伝わり、〝虫〟の巨軀《きょく》が宙に舞《ま》い上がる。

摩理は槍を一回転させ、空中の〝虫〟を鋭い穂先《ほさき》で貫《つらぬ》いた。

銀光がはじけた。

〝虫〟が爆発《ばくはつ》するように四散する。

「がっ……！」

白目をむき、少年が倒れる。

これも、違う……！

摩理の鋭い視線が、走って逃《に》げる最後の少年を見る。地面を蹴《け》り、圧倒的《あっとうてき》な速度で少年を追いかける。

「ひっ……！」

後ろを振《ふ》り返った少年が、悲鳴を上げた。宿主を守るように彼の〝虫〟が立ちはだかり、巨大な口器で摩理にかじりつこうとする。

摩理は跳躍《ちょうやく》し、攻撃《こうげき》をかわす。超人的《ちょうじんてき》な脚力《きゃくりょく》でビルの壁を蹴り、真横から〝虫〟の頭部に槍《やり》を叩きつける。

「うああっ！」

がむしゃらに回避《かいひ》行動をしたのだろう。槍の直撃をかわした〝虫〟の躰《からだ》半分が、銀色の鱗粉《りんぷん》に吹き飛ばされた。

「や——」

地面に叩きつけられた少年が、両手で頭を抱《かか》えて身を丸くする。〝虫〟が死を免《まぬか》れたことで、少年も欠落者になるのを逃《のが》れていた。

「やめて……殺さないで……お願い……」

摩理は、少年に歩み寄る。よく見ると、少年は摩理よりも年下のようだった。まだ小学生くらいに見える。

そばで悶絶《もんぜつ》している〝虫〟めがけて、摩理は槍をふりかぶる。

だが、その瞬間。

——また明日ね。

閃光《せんこう》のように、亜梨子の笑顔《えがお》が脳裏《のうり》をよぎった。

「……！」

ピタリ、と槍が止まる。

どうしてこんな時に、あの子のことが……！

困惑《こんわく》し、地面の少年を見る。

「ぜんぶ忘れるなんて……ヤダ……助けて……」

震《ふる》える姿を見て、摩理の心中に一つの思いがわき上がる。

この子も……誰かと、明日また会う約束をしているかもしれない──。

目を見開く。

胸中に浮《う》かんだ思いに、誰よりも摩理自身が驚《おどろ》く。今まではなかったことだ。

「あ……？」

槍を振り上げた状態で、摩理は背後を振り返る。そこには破壊の痕《あと》と、地面に倒《たお》れた少年二人の姿があった。

私は……今まで何を……？

銀色の槍を持つ手が、小さく震えだす。

〝不死〟の虫憑《つ》きをさがして……。

槍を持たない左手で、呆然《ぼうぜん》と顔をおさえる。

震えが、次第《しだい》に大きくなっていた。

摩理はただ、目的の虫憑きを探しているつもりだった。たとえ何人も欠落者にしようとも、生きているだけで摩理よりはマシだろうと思っていた。常に死の恐怖《きょうふ》におびえている摩理に比べれば、感情を失うことなど些細《ささい》なことだと思っていた。

しかし。

ちゃんとそこにいるのに――。

また明日ね――。

摩理の脳裏を、亜梨子との会話がよぎる。

違《ちが》う……？　私は、たくさんの未来を……夢を……奪《うば》って……？

「あ……あ……」

がくがくと全身が震えていた。

自分のしてきたことに、ようやく気づいていた。同時に、谷底に突《つ》き落とされるような絶望感が摩理を襲《おそ》っていた。

この人たちも……私と同じ……望む未来があった……？

「ああ……」

口から漏《も》れそうになるうめき声を、とっさに左手で覆《おお》って隠《かく》す。

〝虫〟にトドメをさすのも忘れ身を翻《ひるがえ》す。猛然《もうぜん》と夜の路地を駆《か》け、その場をあとにする。

私が……彼らから、ぜんぶ奪った……？

自分自身のことしか目に映らず、自分のしていた行為《こうい》の本当の意味に気がつかなかった。

摩理が欠落者にした人々に、明日を約束した相手がいたとして……彼らの帰りを待っている約束の相手はどうなるだろう？

思い浮かんだのは、自分。

誰《だれ》もやって来ない部屋で、孤独《こどく》と空虚《くうきょ》に蝕《むしば》まれていく摩理の姿——。

「はっ……はっ……っ！」

動悸《どうき》が激しくなっていた。胸が苦しい。モルフォチョウと同化している間だけは発作《ほっさ》が起きたことはなかったのに、摩理の身体が悲鳴を上げていた。

「はあっ！　はあっ！」

逃《に》げ込むように病院の柵《さく》を跳《と》び越《こ》え、敷地《しきち》を走る。開いたままの三階の窓に向かって跳び、自分の病室に飛び込む。

はじき飛ばされるように、モルフォチョウが摩理の身体から分離《ぶんり》した。

「摩理……？」

いつものように、白衣の青年が摩理の帰りを待っていた。

摩理は荒《あら》い息を整えることもなく、棚《たな》のガラス瓶《びん》をわしづかみにする。

「摩理！」

青年が顔色を変えた。摩理が手のひらにこぼした無数の錠剤《じょうざい》を、一息に飲み下したからだ。

しかし摩理の動悸はおさまらない。

「なんてことを……！　その薬は……！」

肩《かた》をつかむ青年の腕《うで》を、乱暴に振《ふ》り払《はら》う。彼の目があることも気にせず、白衣を脱《ぬ》ぎ捨て入院服で身を包む。

「一体、なにがあったんだ、摩理！」

青年の声もきかず、摩理はベッドに飛び込んだ。毛布を頭からかぶり、見開いた目で暗闇《くらやみ》を凝視《ぎょうし》する。心臓の動悸も、体の震えも、まるでおさまる様子がなかった。

私が……たくさんの孤独を、生み出していた……。

自分の体を抱《だ》きしめ、摩理は一晩中震えつづけていた。

4

朝日が差す病室で、摩理はぼんやりと窓の外を眺《なが》めていた。

「……」

一秒も眠《ねむ》ることはできなかった。

体は衰弱《すいじゃく》しきっていたが、頭のほうはもっと深刻な状態にあるのかもしれない。すでに思考は麻痺《まひ》し、何も考えることができなくなっていた。

朝の問診《もんしん》をするべく、主治医が部屋を訪《おとず》れた。中年医のぎょっとした気配は、極端《きょくたん》に錠剤の数が減ったガラス瓶を見たからだろう。

「一つ飲もうとしたら、たくさんこぼしてしまったので……こぼしたほうは、捨てました」

窓を眺めたまま、摩理は人形のように口だけを動かす。

めずらしく摩理が口を開いたことにも驚《おどろ》いたようだが、主治医は深く追及《ついきゅう》はしなかった。ただ、いつもはしない採血をしていった。

主治医が去り、誰もいなくなった部屋に人の気配が生まれた。

「どうして……」

ぽつり、と摩理は呟《つぶや》いた。

「どうして、止めなかったの……？　私がしていることの意味なんて、とっくに知っていたんでしょう……？」

摩理の問いかけに、白衣の青年は何も答えなかった。

彼は何度も止めていた。

摩理が〝狩《か》り〟をしようとするたびに、必ず制止した。だが摩理が聞く耳を持たなかっただけである。

沈黙《ちんもく》が支配する個室に、時間だけが無機質に流れた。

午後になり、摩理しかいない部屋にノックの音が響《ひび》いた。

「……どうぞ」

摩理は微笑《びしょう》し、来訪者を迎《むか》えた。

「こんにちは！」

一之黒亜梨子が、いつもの明るい笑顔《えがお》とともに現れた。摩理も微笑を返す。

「あのね。いくらリクエストがないからって、いつも手ぶらなのもどうかと思って今日はちゃんと持ってきたわよ。差し入れ」

無邪気《むじゃき》に椅子《いす》に座る亜梨子は、大きな鞄《かばん》を抱《かか》えていた。

「ありがとう」

にっこりと笑い、摩理は礼を言う。

私に、彼女と会う資格なんてない……彼女を待つ資格も――。

そう思うと、これまでとは違《ちが》って穏《おだ》やかな気持ちで亜梨子を迎えることができた。

いつ亜梨子が来なくなっても、私は彼女を恨《うら》まない。悲しみもしない――。

だって、それが当然だから。

他人の約束を奪《うば》っておいて、自分だけが亜梨子と会うことはできない。摩理こそ孤独になってしかるべき人間だった。

「わわっ、ごめん！」

鞄を開けると、中身がベッドの上にばらまかれた。

びっくりする摩理の膝《ひざ》の上に、大量の紙の束が散らかった。それらには日付がついていて、最近のものには〝市内で多発する爆発《ばくはつ》事故に対する注意と指導〟とあった。

「一学期から配布された、クラスの連絡事項《れんらくじこう》なの。摩理って一枚も受け取ってないでしょう？ほら、これなんかこの前あった文化祭の項目。うちのクラスは喫茶店《きっさてん》やったのよ。男子が考えたコスチュームがセクハラ丸出しの——」

紙束をまとめながら、亜梨子が説明する。

「これは……？」

摩理は、一冊のノートを持ち上げる。紙束の中に紛《まぎ》れていたものだ。

「あっ、それは違うわ。今日の数学の課題。家に帰ってからやろうと思って」

「……見てもいい？」

「え？　べつにいいけど」

ページをめくっていき、今日の日付がついた問題を見つける。摩理の知識でもなんとか理解できそうな内容だった。というより、暗号のように独創性のある筆記体を解読するほうが大変そうだ。

「……あっ」

摩理は顔を上げる。

亜梨子が、摩理からノートを取り上げたのだ。ポニーテールの少女が無言でノートを閉じ、鞄におさめる。

「亜梨子?」

「……ゴメン」

亜梨子が鞄を閉じ、椅子から立ち上がる。

「今日は顔色、良くないね。それになんだかちょっと辛《つら》そう」

言われ、摩理はハッとする。昨日から一睡《いっすい》もしてないうえに、朝食も昼食もほとんどとっていない。体調は最悪だった。

「あー、やっぱり私ってダメだ。気づくのが遅《おそ》くて。……今日は帰るね? ゆっくり休んで体、直して」

言い残し、亜梨子が申し訳なさそうに笑う。

「あ――」

摩理はとっさに、口を開いた。

体調が悪いのは、自分のせいだ。亜梨子に、そんな思いをさせたのも。

そんな自分が、言える言葉ではなかった。

しかし、亜梨子が去ったあとの自分を想像してしまい、口を開かずにはいられなかった。

亜梨子が「ん?」と振《ふ》り返る。

「また……来てくれる?」

摩理の言葉に、亜梨子の表情が固まった。

だが、よっぽど嬉《うれ》しかったのか、見る見るうちに少女の顔が輝《かがや》いていく。

「明日、また来るわね！」

ビッ、と親指を立てて、亜梨子は去っていた。

ドアを閉じる音。

そして、静寂《せいじゃく》。

「……」

摩理は、手元の紙の束に視線を移す。

ぺらぺらと紙をめくると、それぞれに色とりどりのペンで書き込みがされていた。亜梨子が言っていた文化祭の出展項目を記した紙には、〝こんなのを着たのよ！〟とある。矢印の先に描《えが》かれているのは、絵心の片鱗《へんりん》さえも見えないミニスカートの衣装《いしょう》だった。

摩理は思わず噴《ふ》き出してしまう。授業中に教師に隠《かく》れ、必死に書き込みをしている亜梨子の姿が目に浮《う》かぶようだった。

「良《い》い子みたいだね」

いつの間にか、白衣の青年が椅子に座っていた。

「……」

摩理から、笑みが消える。

私は一体、なんなんだろう――。

生と死の狭間《はざま》で迷い、人の夢を奪《うば》い、それでも生きている。

私は一体、なにがしたいんだろう……？

摩理の胸中に、不思議な感情が生まれていた。

生まれてはじめて感じる感情、それは〝嬉しい〟というものなのかもしれない。

亜梨子が摩理のもとを訪《おとず》れ、笑ってくれることが、とてつもなく嬉しかった。

「ねえ」

紙束に視線を落としたまま、呟《つぶや》く。

青年が摩理の顔を見た。

「明日から……勉強を教えて」

摩理の申し出に、青年がわずかに目を見開く。

「私ができるお礼なんて、課題を手伝ってあげることくらいしかできないから……」

呟き、摩理は青年を見た。

彼は笑っていた。心から嬉しそうに。

「喜んで」

――また明日ね。

嘘《うそ》でもいい。

いつか、裏切られてもいい。

その言葉を聞ける本当の嬉しさを、摩理は今になってやっと知った。

翌日から、摩理の勉強がはじまった。

午前中、摩理は中学校の教科書を本棚《ほんだな》の奥から引っ張り出した。今まで一度も開いたことのない新品だ。

エンピツを握《にぎ》るのも、ひさしぶりだった。体調が万全《ばんぜん》ではなかったため、ベッドの上でノートを開く。

「勉強をするのはいいことだけど、ムリはしちゃいけない。分かってるね?」

咳《せき》をする摩理に対し、白衣の青年はそう言った。

「大丈夫《だいじょうぶ》よ」

微笑《びしょう》する。だが、昨日の今日では体調が回復するはずはなかった。左胸に違和感《いわかん》を感じていたが、錠剤《じょうざい》の入ったガラス瓶《びん》には手を出さなかった。

何から始めるか、またどういうスケジュールで取り組むかを考えるのに、午前中を費《つい》やした。

午後になると、亜梨子がやってくるまで数学を勉強した。

「こんにちは!」

いつもの時間に、亜梨子がやってきた。

今日、学校であった出来事を話そうとした亜梨子に対し、摩理は課題はないのかとたずねる。

亜梨子は不思議そうな顔をしながらも、ないと言った。摩理は少し残念に思ったが、すぐに別の話題になった。

亜梨子は思い出したように、自分のことを話し出した。毎朝の稽古《けいこ》が辛《つら》いことや、どこの小学校を卒業したかなどだ。

摩理もまた、自分のことを話す。実家が華道《かどう》の家元であることや、兄姉《きょうだい》がいないこと。そして病状が悪化する前は、亜梨子とは違《ちが》う小学校に通っていたこと。

互《たが》いのことを話し終えると、自然と会話が途《と》切《ぎ》れた。

いつの間にか夜になり、面会時間が終わろうとしていた。

「どうしたの、摩理？」

亜梨子が怪訝《けげん》そうな顔をした。

だが摩理は、亜梨子の肩《かた》越《ご》しに見えた光景——窓の外の闇《やみ》に浮かびあがった、光の円に目を奪われていた。

観覧車だ。

そういえば、亜梨子が教えてくれた。海岸近くの広場に、新しい観覧車ができようとしているという話。工事は着実に整いつつあり、オープンするまでの間、宣伝のために照明を点け続けるとのことだった。

「綺麗《きれい》だね、あの観覧車……」

無意識に、摩理は呟いていた。

今まではただ暗闇が拡《ひろ》がっているだけだった窓に、大きな華《はな》が咲《さ》いたかのようだった。眩《まぶ》しいほどの明かりは、灯《ひ》に誘《さそ》われる昆虫《こんちゅう》のように摩理の心を惹《ひ》きつけていた。

「じゃあ、退院したらいっしょに行こっか！」

亜梨子が顔を輝《かがや》かせ、言う。

退院したら——。

ズキン、と弱り切った心臓が痛んだ。

亜梨子は、気づいていないのだろう。

摩理の目に、あの目映《まばゆ》い光の円は果てしなく遠くに見えることを。

「……うん」

胸をおさえ、摩理は目を細める。

「約束」

摩理と亜梨子の笑顔《えがお》が、重なった。

翌日からも、摩理の勉強は続いた。

もともと摩理は物事をのみこむのは早いほうだった。記憶力《きおくりょく》もある。

逆に、亜梨子は勉強は苦手のようだった。摩理がいつの間にか亜梨子の学力を追い抜《ぬ》いていたことは、一カ月もしないうちに判明した。

「あり得ないわ……」

呆然《ぼうぜん》と呟《つぶや》き、亜梨子がよろめいた。

摩理が横たわるベッドには、教科書とノートがのっていた。

ついに摩理の勉強の成果を見せつけるチャンスが訪れた。亜梨子が課題を言い渡《わた》されたことを知った摩理が、手伝いを申し出たのである。

「ここはこうして……」

亜梨子が唸《うな》るだけで進まなかった問題を、摩理は簡単に解いてみせた。

説明をしようとする摩理に対し、亜梨子は顔を赤くしながら必死に言い訳をする。

「わ、私だって、やろうと思えばやれるのよ！　ただキライなだけで、そうじゃなかったら補習なんて受けることにも——」

「補習……することになったの？」

「う……」

勉強を続ける摩理。

摩理のもとへ、毎日のように見舞《みま》いに訪れる亜梨子。

互いの性格がまったく違《ちが》うことも、仲が深まることに繋《つな》がったのかもしれない。

理性的で何事もふかく考えようとする摩理に対し、亜梨子は行動あるのみだった。だがそれだけに亜梨子は常に無邪気《むじゃき》で、摩理はそんな彼女が好きだった。

摩理が夜に病院を抜け出すことも、あの夜以来は一度もなくなっていた。

亜梨子という一人の少女によって、摩理の日常は明らかに変わっていった。

「……っ」

ある日の午後、摩理は左胸に痛みをおぼえ顔を歪《ゆが》めた。

「摩理？」

いつものように勉強を教えていた青年が、慌《あわ》てて摩理の顔をのぞき込む。

息が詰《つ》まり、呼吸が荒《あら》くなる。

摩理はとっさに棚《たな》のガラス瓶《びん》に手をのばしかけるが、やめる。——瓶の中の錠剤《じょうざい》は、一カ月ほど前から変わっていなかった。

大丈夫《だいじょうぶ》……この程度なら、すぐにおさまるわ。いつもみたいに……。

落ち着いて、深呼吸をする。しばらくすると、動悸《どうき》がおさまっていくのを感じる。

「大丈夫。もうおさまったわ」

「本当に？」

「ええ、ちょっと胸が痛んだだけ。最近はとても気分が良い日が続いてるの」

摩理は青年に向かって微笑《びしょう》する。青年も嬉《うれ》しそうだった。

「そうか……今日の定期検診《けんしん》も良い結果が出そうだね」

錠剤を乱用したあの夜から、少しずつ体調が良くなっていくのを摩理は感じていた。力が入らなくなっていた手にも、以前の握力《あくりょく》が戻《もど》った。ただ、たまに発作《ほっさ》のように胸に痛みを感じるようになった。だがそれもすぐにおさまるので、それ以外はいたって調子は良い。

このままなら、もしかしたら――。

淡《あわ》い期待が、摩理の中で息づきつつあった。

亜梨子といっしょに、学校に通うことができるようになる……？

その考えに、胸が高揚《こうよう》した。

だが、すぐに摩理は笑みを消す。

「摩理……？」

生まれてはじめての希望の光に、摩理はまっすぐ向かい合うことができなかった。

あの夜が過ぎて以来、ずっと考えていた。

「私……このまま、亜梨子といっしょにいていいのかな？」

青年が眉《まゆ》をひそめる。

胸をおさえたまま、摩理は唇《くちびる》を噛《か》みしめる。

私はたくさんの夢を奪《うば》いすぎた……それなのに、そんな私が未来を夢みるなんて――。

「もし病気が治ったとして、幸せになってもいいのかな……？」

摩理は、青年を見つめる。病とは異なる痛みが、摩理の胸を苦しめていた。

「摩理」

青年が表情をゆるめる。

「それが、君の夢だったんだろう?」

摩理はハッとする。

腕《うで》が震《ふる》えた。視界が、みるみる歪んでいく。

「叶《かな》う……の……? 私の夢……本当に……?」

青年が頷《うなず》く。

私は……生きたい――。

かつて叶うはずがないと知りながらも明かした、摩理の夢。

夢の続きが見られるかもしれない。

「ありがとう、〝先生《センセイ》〟……」

かき消えそうな声で摩理は礼を言う。

「〝先生〟?」

「勉強を教えてくれて……これからはお医者様になるんでしょう? だから、これからは〝先生〟って呼ばなくちゃ……」

彼にはちゃんと名前があるが、摩理は呼んだことがない。言いながら、摩理の声には嗚咽《おえつ》が混じりつつあった。

声を殺して泣く摩理を、〝先生〟は眩《まぶ》しそうに見つめていた。

──夕方。

「お帰り、摩理」

定期検診を終え、松葉杖《まつばづえ》をついて部屋に戻った摩理を、亜梨子が出迎《でむか》えた。

「ただいま」

摩理は亜梨子に笑い返す。

いつもと同じように、亜梨子の課題を置いたベッドの上で談笑《だんしょう》する。問題もそっちのけで話していると、すぐに面会終了《しゅうりょう》の時間がやってきた。

「ねえ、ヘンなこと聞くみたいだけど」

椅子《いす》から立ち上がった亜梨子が、迷いながらも摩理にたずねる。

「え？」

「私の他《ほか》にも、よくお見舞《みま》いに来る人がいるの？」

摩理は首を傾《かし》げる。亜梨子の他にそのような人物がいるはずもなかった。

「どうして？」

「たまに、椅子が温かい気がするのよね。ついさっきまで、別の人が座ってたみたいに」

亜梨子が不思議そうな顔をする。

摩理は納得《なっとく》し、クスリと微笑した。白衣の青年の体温が残っていたのだろう。

「……ねえ、亜梨子」

少し考え、摩理は亜梨子を見上げる。

「リクエストがあるんだけど……いいかな？」

「やっときたわね！　なんでも言ってちょうだい！」

嬉《うれ》しそうに亜梨子が身を乗り出す。今までは見舞いの品はいらないと断っていた。

「欲しいものがあるの。でも、それは私のためのものじゃないから……代わりにお願いしたいんだけど」

前置きし、摩理は亜梨子に頼《たの》みごとをする。話を聞き終えると亜梨子は怪訝《けげん》そうな顔をしていたが、快く引き受けてくれた。

「じゃあ、また明日ね！」

翌日、亜梨子は摩理の頼み通り、小さな箱を持ってきてくれた。

摩理はそれを受け取り、大事にベッドの中に隠《かく》す。

夜になり、亜梨子が去った後、摩理は〝先生〟を待っていた。

思えば、彼の訪問を待つことなど、これまでなかったことだ。薄暗《うすぐら》い部屋で、摩理は彼に対する第一声を考えていた。

――ねえ、〝先生〟。これ、なんだと思う？

摩理は小箱を〝先生〟に見せる。きっと彼はそれが何であるか、すぐには分からないはずだ。彼の戸惑《とまど》う顔を思い浮《う》かべると、笑《え》みが浮かんだ。

待っているうちに、いつの間にか寝《ね》てしまったようだ。

「ん……」

人の気配を感じ、摩理はまぶたを開く。

時計を見ると、すでに深夜になっていた。上半身を起こすと、暗闇《くらやみ》にとけ込むように〝先生〟が佇《たたず》んでいた。

「今日は遅《おそ》かったのね、〝先生〟……」

摩理は目をこすり、笑みを浮かべる。ひそかにベッドの中をまさぐると、小箱の感触《かんしょく》が指先に触《ふ》れた。

「あ、ああ……」

しかし青年は摩理から視線をそらした。

彼のその素振《そぶ》りに、摩理は違和感《いわかん》をおぼえる。違和感の正体には、すぐに気づいた。

これまでずっとそばにいた彼だが、決して摩理から目をそむけることはなかった。摩理が空《くう》虚《きょ》に蝕《むしば》まれていた時、苛立《いらだ》ちに荒《あ》れていた時、どんな時だって彼は摩理を見つめていた。

「……ねえ、〝先生〟。顔が見えないわ。もっと近くに来て」

暗がりに佇む青年に向かって、言う。だが彼は躊躇《ちゅうちょ》しているようだった。

とくん、とくん――と摩理の鼓動《こどう》が少しずつ速まっていく。暗闇にいる〝先生〟を凝視《ぎょうし》する眼《め》が乾《かわ》いても、まばたきができなかった。

摩理の直感は、ある一つのことを思い出させていた。

「今日は、昨日の定期検診《けんしん》の結果が出たはずだわ……」

ピクリ、と〝先生〟の肩《かた》が震《ふる》えた。

「結果を教えて。ねえ、〝先生〟……」

〝先生〟は、黙《だま》ったまま何も答えなかった。

沈黙《ちんもく》が、結果を示唆《しさ》していた。

——また明日ね！

亜梨子の笑顔が脳裏《のうり》に浮かんで、消えた。

5

病に伏《ふ》せるパトリシアのもとへ、魔法使《まほうつか》いが訪《おとず》れました。

魔法使いは、言いました。

ここに天使からもらった薬と、悪魔からもらった薬がある。天使の薬を飲めば、大切な人を失う代わりにお前の病が治りいつまでも生きられる。悪魔の薬を飲めば、お前はそのまま息絶えるだろう。でも大切な人がいつまでもお前のそばにいて慰《なぐさ》めてくれる。さあ、お前はどちらを飲む？

パトリシアは、言いました。

わたしは悪魔の薬がほしい。

魔法使いはパトリシアの願いをききました。

パトリシアは、大切な人たちに見守られながら覚めることのない眠《ねむ》りにつきました。

でもパトリシアはさびしくありません。丘《おか》の上に眠る彼女のことを、いつまでも大切な人たちが見守っていてくれているのです――。

「……」

〃魔法の薬〃と題された絵本を閉じ、摩理は静かに窓の外を眺《なが》めていた。

朝になると主治医がいつものように問診に訪れ、いつもより言葉少なに診察をすませて去っていった。動揺《どうよう》を悟《さと》られないようにしているのが、摩理には滑稽《こっけい》に見えた。

摩理の心は、穏《おだ》やかだった。だが凪《なぎ》の海のようだった心に、小さな波紋《はもん》が一度だけ生まれる。

波紋はゆっくりと、しかし徐々《じょじょ》に拡がりつつあった。

口許《くちもと》に、冷笑《れいしょう》が浮かんだ。

昨夜《ゆうべ》の〃先生〃とのやりとりを思い出す。

――まだ、終わりじゃない。手術をすれば……。

その青年の言葉を、摩理は笑い飛ばした。

――私の体は、その手術に耐《た》えられるの？

〝先生〟は押し黙った。彼の嘘《うそ》をつけない性格を、この時だけは嘲笑《ちょうしょう》した。

摩理は、自分の病状についてすでに独学で真相を知っていた。手術が必要なまでに弱った心臓は、いつ停止してもおかしくはない。その時は明日か明後日《あさって》か……摩理はそう遠くないことを確信していた。最近、胸が頻繁《ひんぱん》に痛んでいたのは、その時を告げるカウントダウンだったのだ。

誰《だれ》もいなくなった部屋に、〝先生〟が現れた。

「……」

窓の外を見つめる摩理に向かって何か言っていたが、彼女の耳には入らなかった。

摩理の心にまた一つ、新たな波紋が生まれた。波紋どうしは重なりあい、波の高さを増していく。

――叶《かな》う……の……？　私の夢……本当に……？

そう呟《つぶや》いて涙《なみだ》したのは、誰だったか。

「バカみたい……」

ポツリと呟いた声は、〝先生〟には聞こえなかったようだ。「え？」と彼が聞き返してくるが、摩理は再び口を閉《と》ざす。

〝わたしは悪魔の薬がほしい〟。

絵本の主人公のセリフが思い浮《う》かんでは、消えていく。

私は悪魔の薬なんていらない……私なら、天使の薬を──。

摩理のもとに、銀色のモルフォチョウが舞《ま》い降りた。

「……」

肩にとまったモルフォチョウを見て、摩理の頭にあることが思い浮かんだ。

天使が、囁《ささや》いたのかもしれない。

思いついた考えはとても滑稽で──あまりに恐《おそ》ろしい内容だった。だが天使の甘い声は摩理の中に、また新たな波を生んでいた。

──また明日ね。

亜梨子の無垢《むく》で純粋《じゅんすい》な笑《え》みが頭に浮かんだ。狭《せま》い病室に閉じ込められた摩理にとって、彼女のまぶしい笑顔は天使の笑みそのものだった。

摩理は、天使の薬がほしい。

ならば摩理にとっての天使とは……？

「わたしは、天使の薬を……」

自然と、摩理の口許《くちもと》に笑みが浮かんだ。

「摩理……？」

自分はその時、どんな笑みを浮かべていたのだろう。〝先生〟がぎょっとした顔をする。

〝わたしは悪魔の薬がほしい〟。

私は、天使の薬を飲む――。

パトリシアのセリフと自分の声が、頭の中で重なり合う。

摩理はベッドの中に何かがあることに気づいた。

小さな箱だ。

そういえば昨夜は〝先生〟にそれを渡《わた》すつもりで、すっかり忘れていた。

「〝先生〟」

摩理は、微笑《びしょう》を白衣の青年へと向ける。何かを考え込むようにうつむいていた〝先生〟が、顔を上げた。

「なんだい？」

「これを、僕に？」

見え見えの作り笑いを浮かべる彼に、小箱を差し出す。

「ええ。私から〝先生〟に、プレゼント」

〝先生〟は意外そうな顔をしたが、嬉《うれ》しそうだった。小箱を開け、中身を取り出す。

それは銀色のネックレスだった。鎖《くさり》の先に、金色に輝《かがや》くリングがついている。

以前、〝狩《か》り〟をしていた時期、街のショーウィンドウに飾《かざ》ってあるときから気になっていたものだ。亜梨子に頼《たの》み、代わりに買ってきてもらったのである。

「私が生きていた、もう一つの証拠《しょうこ》…」

にっこりと穏《おだ》やかな笑みを浮かべる摩理を見て、〃先生〃は辛《つら》そうな顔をした。

「もう一つは、亜梨子に……私の夢を知ったら、きっと亜梨子は私を恨《うら》むよね」

「恨む……？」

青年が眉《まゆ》をひそめる。摩理は彼から窓の外へと、視線を移す。

「……うん、分かってるよ」

うなずく。

亜梨子の飾りのない優《やさ》しさは、他《ほか》ならぬ摩理が誰よりも知っている。

「亜梨子は優しいから、私のお願いも……」

無邪気《むじゃき》に微笑《ほほえ》む摩理を、〃先生〃は訝《いぶか》しげに見つめていた。だが扉《とびら》の向こうを振《ふ》り向くと、その気配が部屋から消える。

ノックに続いて、扉が開いた。

摩理しかいない部屋に、見慣れた少女が姿を現す。今日から連休ということもあり、朝からやって来ると昨日、言っていた。

「亜梨子」

摩理は笑顔で、親友を迎《むか》え入れる。

亜梨子は立ち止まり、摩理の笑顔に見とれていた。だが我に返ると、来客用の椅子《いす》に腰《こし》を下ろす。

モルフォチョウが、摩理の肩《かた》から飛び立った。

「ねえ聞いて、亜梨子。私ね……」

「ん？」

亜梨子が、顔を上げた。彼女の顔を正面から見て、摩理の胸に痛みが走る。

私ね、虫憑《つ》きなの。それに、もうすぐ……天使の薬を飲むのよ——。

「ううん……」

語りそうになった口を閉《と》ざし、少しだけ顔を歪《ゆが》める。シーツの上で拳《こぶし》を握《にぎ》る。

言ってはいけない。亜梨子には悟《さと》られてはいけない。なぜか、そう思った。

「私の夢、あなたに託《たく》してもいい？」

摩理の問いの意味を、亜梨子は理解できなかったようだ。きょとんとした顔で、摩理の顔を見つめ返す。

摩理は首を振った。弱々しく笑う。

「ごめんなさい。なんでもないわ……」

亜梨子は「そう？」と首を傾《かし》げた。くすりとおかしそうに笑う。

「やっぱり摩理って、少し変わってるわ」

「そうかな。亜梨子ほどじゃないよ」

「う、うそっ。やっぱり私って、どこかヘンなの？」

その日も夜まで、二人の話は続いた。

面会終了《しゅうりょう》の時刻がやって来て、亜梨子が椅子を立った。

帰り支度《じたく》をはじめた亜梨子を、摩理はぼんやりと見つめる。

「ねえ、亜梨子」

無意識に、口が開いていた。

「私がいなくなったら、悲しんでくれる？」

亜梨子が目を見開いた。そして、すぐに眉をつり上げる。はじめて見る表情だった。

ぱちん、という音が摩理の両側の頰《ほお》をはじいた。

摩理は何が起きたのか、分からなかった。呆然《ぼうぜん》と間近に寄った亜梨子の顔を凝視《ぎょうし》する。

亜梨子の両手が、摩理の頰を軽く叩《たた》いていた。そのまま摩理の顔を亜梨子の両手が支える。

彼女の温かい体温が、頰に伝わる。

「またそんなこと言ったら、怒《おこ》るわよ」

真剣《しんけん》な顔で、亜梨子が摩理を睨《にら》んでいた。

摩理の視界が、歪んだ。潤《うる》む両目とは逆に、口許《くちもと》には笑みが浮《う》かんだ。

「怒られるのなんて、はじめて」

涙《なみだ》を浮かべていることに気づいた亜梨子が、たちまちうろたえる。

「ああっ、ゴメン！　痛かった？」

「ううん……」

人差し指で涙をぬぐい、摩理は笑う。たった一滴《ひとしずく》だけなのに、その涙は今まで流したどんな涙よりも温かく感じた。

「ありがとう」

亜梨子が、頬を赤らめる。

摩理の心で高まりつつあった波が、少しだけおさまった気がした。

さようなら——。

心の中で、つけ足す。

亜梨子が満面の笑みで言う。

「また明日ね」

摩理の心臓が、高鳴った。

そっか、そうだよね——。

亜梨子の笑顔に応《こた》えるべく、摩理もまた最高の笑顔で彼女を見送った。

また明日、だよね——。

「うん、また明日」

亜梨子が部屋を去っていく。

もう、涙は出なかった。

就寝《しゅうしん》前の問診《もんしん》のため、主治医が部屋を訪《おとず》れる。「明日はご家族の方が来られるそうだよ」と教えてくれた。きっとその時、摩理の症状《しょうじょう》について彼女に明かすつもりなのだろう。そして無駄《むだ》だと知りつつ手術をすすめるに違《ちが》いない。摩理は「そうですか」とだけ答えた。

消灯し、薄暗《うすぐら》い部屋に〝先生〟が現れた。

「ねえ、〝先生〟……宿主が死んだら、〝虫〟はどうなるの？」

〝先生〟が唇《くちびる》を噛《か》んだ。

「〝虫〟も……消える。人の夢は命とともになくなるから」

「そんなの、おかしいわ」

摩理は窓の外を眺《なが》めながら、呟《つぶや》く。色を変えながら、ゆっくりと回転する観覧車の明かりが見えた。

「死んでも残る、そんな夢があってもいいと思わない？」

青年の沈黙《ちんもく》とともに、部屋が完全なる静寂《せいじゃく》に支配される。

摩理が穏《おだ》やかに観覧車を眺めているうちにも、時間は流れていた。

観覧車の明かりがまた、色を変えた。

時刻は午前一時を指し示していた。

摩理は、静かにベッドを降りた。

「……っ！」

膝《ひざ》から力が抜《ぬ》け、摩理は床《ゆか》に転がる。

「摩理！」

〝先生〟が摩理を抱《だ》き起こす。

堰《せき》を切ったように、心臓が激しく高鳴っていた。痛みと息苦しさで、顔が歪《ゆが》む。

「はっ……！　はっ……！」

荒《あら》い息をつく摩理の意識が一瞬《いっしゅん》、混濁《こんだく》する。

――また明日ね。

瞳《ひとみ》から輝《かがや》きを失った摩理の脳裏《のうり》をよぎったのは、亜梨子と送った日々ばかりだった。はじめて出会った日から今日まで、彼女と交《か》わした会話の一つ一つが思い浮かぶ。

「摩理！」

〝先生〟の声で、摩理は意識を取り戻《もど》す。

息を切らしながら、摩理は皮肉の笑みを浮かべる。

体だけじゃない……私の心まで、空っぽになりつつあったのね。

〝虫〟の力を使えば、それだけ自分の夢を喰《く》われる。体力と気力が燃え尽《つ》きかけていることで、虫憑《づ》きとしての力も急激に弱まっているのだ。

摩理はとっさに、棚《たな》のガラス瓶《びん》に向かって手を伸《の》ばした。だがつかむ直前、先に〝先生〟に瓶を取り上げられる。

「もうこれ以上、飲んだらいけない。ますます症状を悪化させるだけだ」

「はっ……はっ……」

胸をおさえ、摩理は〝先生〟を睨《にら》みつける。だがすぐに顔をそむけると、クローゼットに向かって歩み寄る。中から改造した白衣を取り出し、下着姿になって着替《きが》えをはじめる。

「そんなもの、もう必要ないわ……」

「どこに行く気だ……？　まさか、そんな体でまた――」

青年を無視し、着替えを終えた摩理は杖《つえ》を手に窓に近づく。

ぐいっと摩理の腕《うで》に圧力がかかった。

〝先生〟が厳しい顔で摩理を睨んでいた。今夜ばかりは、力ずくでも外出を止めようと決意した顔だった。

「行かせない。行かせられないよ、摩理」

「はじめてね、〝先生〟が怒《おこ》った顔をするの。でも、もう遅《おそ》いわ。亜梨子のほうが先に、私に怒ってくれたもの」

微笑《びしょう》する摩理のもとに、モルフォチョウが舞《ま》い降りる。躰《からだ》を変形させた蝶々《ちょうちょう》の触手《しょくしゅ》が、摩理の病《や》んだ身体《からだ》に同化していく。松葉杖が槍《やり》と化し、四枚の翅《はね》が羽ばたいて一つの穂先《ほさき》へと変化していく。

摩理の全身に、力がみなぎっていた。胸から痛みが消え、〝先生〟に向き直る。

「以前、〝先生〟が言っていたわよね。薬屋大助……だったかしら？　強い虫憑きだっていうけど、今の私とどっちが強いかな？」

帽子《ぼうし》とマフラーの狭間《はざま》で、摩理の鋭《するど》い眼光が〝先生〟を見据《みす》える。

「今なら、私……誰《だれ》にも負ける気がしないわ。たとえ〝始まりの三匹《びき》〟のうちの一つ、アリア・ヴァレィ――あなたにも」

〝先生〟が、息をのんだのが分かった。

腕をつかむ力がゆるんだ隙《すき》をついて、摩理は窓の外へ身を躍《おど》らせた。

「摩理！」

銀色の槍を握《にぎ》りしめ、摩理は病院の柵《さく》を跳《と》び越《こ》える。

体力を温存することなど、頭にはなかった。闇《やみ》から闇へ、夜の赤牧市を駆《か》け抜ける。

〝虫〟の力を借りて走るうちに、胸の奥から何かがこぼれ落ちていくのを感じる。だが摩理は立ち止まらない。

また明日ね――。

亜梨子の笑顔《えがお》が思い浮《う》かんだ。

私は……生きたい――。

自らの夢が、思い浮かんだ。

「はっ……はっ……」

息が上がり、摩理の顔が歪んでいく。

摩理と亜梨子、夢と親友、二つの異なる想《おも》いが彼女の中で激しく交錯《こうさく》する。

摩理は、迷っていた。

決断しなければならない。

しかし、決断する前に、どうしても知りたいことがあった。知らずに決断することはできなかった。

決断できなければ、摩理は何も残せない。何も願うことができない。

「見つけ出して見せる……今夜こそ、絶対に……！」

どれくらい走り続けただろうか。

路地裏を駆ける摩理の手の中で、槍が輝きを増した。摩理は足を止める。

薄暗《うすぐら》い通りの向こうに、一人の少年が立っていた。摩理よりも若干《じゃっかん》、年上だろう。国道の明かりを背負った少年の横顔は鋭い。

少年が、摩理に気づいた。顔つきを変えた彼の足元に、大人の身体ほどの大きさの〝虫〟が現れる。異様に長い脚《あし》は、百本以上はあるだろう。細長い胴体《どうたい》をクネクネと蠢《うごめ》かす様は、ムカデにも似ている。

「エルビオレーネの〝虫〟……！」

摩理は迷わず、少年めがけて駆け寄る。

襲《おそ》いかかろうとした摩理に対し、少年の行動は素早《すばや》かった。迎《むか》え撃《う》つつもりはないのか、身を翻《ひるがえ》して国道とは逆の裏道へと逃《に》げる。

「逃がさない……！」

駆ける速度は、圧倒的《あっとうてき》に摩理のほうが勝《まさ》っていた。角を曲がり、すぐに少年に追いつく。逃走《とうそう》しながら、少年は携帯《けいたい》電話に向かって何かを喋《しゃべ》っていた。横を並走《へいそう》するムカデに向かって、摩理は槍を振《ふ》り下ろす。

銀色の鱗粉《りんぷん》が、地面を砕《くだ》いた。

だがムカデは素早くビルの壁《かべ》をのぼり、衝撃《しょうげき》を避《よ》ける。

返す刀で摩理は第二撃を見舞《みま》わせる。だが、その太刀筋《たちすじ》をムカデは予想していたようだ。音もなく地面に滑《すべ》り込み、攻撃《こうげき》をかわす。

コイツ、戦い慣れてる……！

奥歯を噛《か》み、摩理は立て続けに斬撃《ざんげき》をくらわせる。だがいっこうに攻撃があたる気配はなかった。

「こんなたった一匹に手こずってる時間なんて、ないの……！」

己《おのれ》を叱咤《しった》し、さらに力を込めて槍を振り回す。銀色の鱗粉が、少年の行く手を破壊《はかい》する。衝撃で少年とムカデが地面に転がる。

「くっ……！」

無防備になった〝虫〟めがけて、槍《やり》を突《つ》き立てようとする。だが——。

「！」

摩理の胸を、突き刺《さ》すような痛みが襲った。息が詰《つ》まり、雷《かみなり》に打たれたように全身が硬直《こうちょく》する。身体《からだ》の奥底にある、根本的な何かが壊《こわ》れるのを感じる。

槍は狙《ねら》いを大きくそれ、何もない地面に突き刺さった。

「はぁっ！　はぁっ！」

地面に刺さった槍につかまり、痛む胸をおさえる。

「……？」

ピンチを脱《だっ》した少年が、訝《いぶか》しげに摩理を振り返った。体勢を立て直し、路地の向こうへと走り去っていく。

「待っ……！」

摩理は槍を地面から引き抜《ぬ》き、少年を追いかける。だが先ほどまでの身の軽さが嘘《うそ》のように、手足は鉛《なまり》のように重かった。

〝虫〟の力でも……症状《しょうじょう》を抑《おさ》えきれなくなってる……？

壊れかけの身体をひきずり、唇《くちびる》を噛む。

こんな……最後のワガママさえ、許してくれないの……私の身体は……！

顔を歪《ゆが》め、槍を杖《つえ》がわりにしながら路地を進む。

お願いよ……！　あと少し……ほんの少しだけでいいから……これが最後だから……！

薄暗い路地を抜けると、広い空き地についた。錆《さ》びた鉄骨や建機がうち捨てられたそこは、まるで無機物たちの墓場のようだった。

「はぁっ、はぁっ……」

摩理の手の中で、銀色の槍がかつてないほど強く輝《かがや》いていた。

「夢を喰《く》われてるだけじゃないようだ。……病気か？」

広場の奥で、ムカデを従えた少年が呟《つぶや》いた。

「関係ねぇ。こいつが〝ハンター〟なんだろ？　だったら、今までしてきたことの報《むく》いを受けさせるだけだぜ」

三角形の長い触角《しょっかく》を垂らした、ホウジャクにも似た大きな〝虫〟を従えた少年が言う。

「まだガキじゃんか。え？　女なの？」

建機の上で、軽い口調で言ったのは金髪《きんぱつ》の男だった。まだら模様の翅《はね》と丸い尻部《こうぶ》に針を垂らした〝虫〟が頭上で舞《ま》っている。

また、広場の隅《すみ》にいたのは、気弱そうな少年だった。摩理は彼に見覚えがある。一月前、摩理がトドメをささずに逃がした虫憑《つ》きの少年だ。彼は摩理の視線に身を竦《すく》め、路地裏へと走り去っていった。

「……」

広場の中央に進み出たのは、まだ幼い少女だった。摩理と同い年くらいだろう。しかしその美しく整った顔立ちと、闇《やみ》を切り裂《さ》くような鋭《するど》い視線は息をのむほどだった。傍《かたわ》らでは小さな、しかし分厚い甲殻《こうかく》をまとった丸い〝虫〟が口器を蠢《うごめ》かしていた。躰《からだ》の表面に赤い七つの斑点《はんてん》が浮《う》かび上がっている。

「はあっ……はあっ……」

ぎゅっ、と摩理は胸をつかむ手に、力を込める。

ワナだ。意図的に、摩理をこの場所へ誘《さそ》い込んだのは明らかだった。

「あなたが、〝ハンター〟ね」

中央の少女が、凛《りん》と響《ひび》く声で言った。張りつめるような静寂《せいじゃく》を打ち破る、生気に満ちた声だった。

「どういうつもりでこの街で虫憑きを狩《か》っていたのか、理由を教えてもらうわよ」

〝ハンター〟――彼らは、摩理のことをそう呼んだ。

息を乱す摩理の口許《くちもと》に、笑《え》みが浮かんだ。

「……あなたたち……」

ひゅうっ、と摩理は息を吸い込む。胸の内側を叩《たた》くような心臓の動悸《どうき》が、少しずつ穏《おだ》やかさを取り戻《もど》していく。

大丈夫《だいじょうぶ》……まだ、あと少しだけいける――。

腕《うで》に力を込め、槍を握《にぎ》りしめる。

腰《こし》に手をあてた少女が言う。

「私たちは、この街で出会った仲間よ。〝あの機関〟から逃《に》げるため、連絡《れんらく》をとりあってるの。でもまさか他《ほか》にも、同じ虫憑きのくせに虫憑きを狩る人間がいただなんて――」

「四人とも……エルビオレーネの〝虫〟なのね。ふふ、よかった……」

摩理は笑みを深め、四人の少年少女たちを凝視《ぎようし》する。

時間が残されていない摩理にとって、いっぺんに四体の〝虫〟と出会えたのは幸運以外のなにものでもなかった。

少女が眉《まゆ》をひそめる。

「エルビオ……レーネ？」

「ディオレストイの〝虫〟は邪魔《じやま》なだけだもの……もちろん、私と同じアリア・ヴァレィの〝虫〟も……でも、数が多すぎていやになるわ……あの女は、彼に聞いた通り食欲だけは旺盛《おうせい》みたいね……」

息を整えながら、独り言のように摩理は呟く。少女たちの間に動揺《どうよう》が走る。

「あなた、なにか知っているの？　私たち虫憑きのこと……〝虫〟のことを！」

「知ってるわ……エルビオレーネの虫憑き……あなたたちが私たちの中で一番、救いがないってことも……あなたたちがいるかぎり、エルビオレーネはいつまでも……ふふ……」

もうすでに、自分が何を言っているのかも分からなくなりつつあった。頭に血が回らなくなっているのか、それとも力を使いすぎて夢を失いすぎたのか、身体《からだ》の奥で脈打つ鼓動《こどう》だけがやけに大きく聞こえた。

少女たちが、表情を変える。

「一体、何を知ってるの？　教えてもらうわよ！」

「私には、関係ないわ……」

呟き、槍《やり》を構える。最初に狙《ねら》いを定めたのは、少女の〝虫〟だった。七つ浮かんだ赤い斑点が、天道虫《てんとうむし》を思わせる。

地面を蹴《け》り、少女に向かって突進《とっしん》する。

だが摩理と少女の間に、三匹《びき》の〝虫〟が割って入った。地面を這《は》うムカデ、正面から飛びかかるホウジャク、頭上から針を向けるまだら模様のハチだ。

摩理はかまわず、横一文字に槍を振《ふ》るう。

銀色の鱗粉《りんぷん》がはじけた。

空き地の地面がえぐれ、爆風《ばくふう》が鉄骨を吹《ふ》き飛ばす。

「……！」

だが、視界の端《はし》を三つの影《かげ》がよぎった。

摩理の攻撃《こうげき》と同時に、〝虫〟たちが散開して死角にもぐりこんでいた。ムカデの牙《きば》、ホウジヤクの触角《しょっかく》が摩理が持つ槍を縛《しば》りつける。

頭の上から、ハチの針が襲《おそ》いかかる。

今なら、私……誰《だれ》にも負ける気がしないわ――。

摩理は〝先生〟に対し、そう言った。

その確信は、命の灯《ひ》が消えつつある今でさえ微塵《みじん》も変わっていなかった。

「なっ……！」

少年たちの驚《おどろ》きの声が重なった。

摩理が人間離《ばな》れした膂力《りょりょく》で、槍を振り回す。槍にしがみついた二匹の〝虫〟もろとも、柄《え》でハチを地面にたたき落とす。三匹の〝虫〟が勢いよく地面に転がる。

しかし次の瞬間《しゅんかん》、摩理の背中を衝撃《しょうげき》が襲った。

「っ……！」

一瞬、見えた背後に、翅《はね》を開いた天道虫がいた。衝撃波のような、目に見えない何かを摩理に向かって放ったようだ。

ピシッ――。

摩理の体のどこかで、何かにヒビが入ったのが分かった。ニット帽《ぼう》がはじき飛ばされ、摩理の長い髪《かみ》が露《あらわ》になる。

これまでの摩理なら、よろめきもしなかったような弱い衝撃だ。だが天道虫の一撃は、摩理の決定的な何かに亀裂《きれつ》を生んでいた。

「っぁあああ！」

摩理の口から、獣《けもの》の咆哮《ほうこう》が放たれた。

目を見開き、振り向きざまに渾身《こんしん》の力を込めて槍を投げ放つ。

銀光が、暗闇《くらやみ》を突《つ》き抜《ぬ》ける。

「リナ！」

金髪《きんぱつ》の少年が叫《さけ》んだ。天道虫に、まだら模様のハチが体当たりをかける。

光り輝《かがや》く槍が、ハチの胴体《どうたい》を貫《つらぬ》いた。ビルの壁《かべ》に串刺《くしざ》しにし、それでもおさまらない衝撃が周囲の建物を崩壊《ほうかい》させる。

「ぐああっ！」

「リュージ！」

リナと呼ばれた少女の絶叫《ぜっきょう》が路地裏に響《ひび》いた。三人の少年少女が、金髪の少年のもとへ駆《か》け寄る。

「はあっ！　はあっ！」

肩《かた》で息をつく摩理。ふらつく足取りで、壁に突き立てられた槍へ歩み寄る。

「コイツも、違《ちが》う……はやく……次の〝虫〟を……」

摩理は、槍を引き抜く。体液をまき散らすハチが地に落ち、ゆっくりと霞《かすみ》のように姿を消し

ていく。

「こんなところで……何も見つけられないまま、私は死にたくない……！」

槍をぶら下げ、亡霊《ぼうれい》のような足取りで少女たちに向き直る。

「……〝死にたくない〟？」

人形のような白い顔で倒《たお》れる少年を抱《だ》きかかえ、リナが顔を上げた。涙《なみだ》の痕《あと》を刻んだ顔を、怒《いか》りで歪《ゆが》める。

「アンタは独りで死ぬのが怖《こわ》くて、これまで何人も道連れにしてきたっていうの？」

リナと同じ顔をした少年二人も、摩理を睨《にら》んでいた。

「私はアンタを、絶対に許さない……！」

摩理は槍をつかむ右腕《みぎうで》を、左手でつかむ。――まるでグラスからこぼれる水のように、腕から力が抜けつつあった。

「私には、時間がないの……」

こんなところで、こんな雑魚《ざこ》に手こずっているヒマはない。摩理にはリナたちを倒したあと、まだ探し続けなければならない〝虫〟がいるのだ。

「邪魔《じゃま》をするなら全員、ここで殺すだけ。今までそうしてきたように……」

「ふざけんじゃ、ないわ」

リナが、立ち上がる。

「死ぬのは、アンタのほうよっ！」

摩理は三匹《びき》の〝虫〟めがけて、地面を蹴《け》る。対する〝虫〟たちも、摩理に向かって襲いかかった。

だが、その時だった。

摩理の槍《やり》が、さらに輝《かがや》きを増した。槍の穂先《ほさき》と化した四枚の翅が大きく羽ばたき、銀色の鱗《りん》粉《ぷん》を噴《ふ》き出す。

「……！」

いつの間に近づいていたのか、空き地を大勢の白装束《しろしょうぞく》たちが包囲していた。皆《みな》一様に顔を大きなゴーグルで覆《おお》い隠《かく》し、ベルトの着いた白いロングコートで身を包んでいる。さらに、彼らのそばには何匹もの〝虫〟がいた。

「目標を確認《かくにん》！　捕獲《ほかく》しろ！」

号令が響き、白コートたちの〝虫〟がいっせいに摩理たちに襲いかかる。

特別環境保全事務局……！

〝先生〟から聞いて、摩理は彼らの正体を知っていた。虫憑《つ》きを政府の公式発表通り、〝いなかったもの〟とするべく捕獲、隔離《かくり》するための機関だ。

「どこを見ているの、〝ハンター〟！」

「……！」

天道虫が摩理に向かって、翅《はね》を拡《ひろ》げていた。摩理はとっさに槍を振《ふ》るう。

衝撃波《しょうげきは》が、摩理の胸を直撃した。

ピシッ――。

心臓の鼓動《こどう》が一瞬《いっしゅん》、停《と》まった。

時間が凍《こお》りついた。音や痛みすらも、摩理の周囲から消え去る。

――また明日ね！

まぶたに焼きついた亜梨子の明るい笑顔《えがお》に、亀裂が生じる。

「……あうっ！」

リナが苦鳴とともにうずくまった。

再び、時間が動き出していた。

摩理の放った一撃は、天道虫の躰《からだ》を削《けず》り取っていた。怯《ひる》んだ隙《すき》をつき、白コートたちがいっせいにリナにつかみかかる。

「リナ！」

「あたしのことはいいから……二人とも逃《に》げて……！」

摩理のもとへも、数匹の〝虫〟が襲《おそ》いかかる。

「……」

摩理は無言で、槍を振り回す。

銀色の鱗粉が、〝虫〟たちを吹《ふ》き飛ばす。

あの天道虫も……違《ちが》う――。

胸中で呟《つぶや》き、槍を振り回して包囲網《ほういもう》を突破《とっぱ》する。

「……」

何匹もの〝虫〟をはじき飛ばし、摩理は夜の路地裏へと駆《か》け込む。

……違う？　なにが……違うんだっけ……？

ぼんやりと考え、ただ全速力で暗闇《くらやみ》を駆け抜《ぬ》ける。

「はっ……はっ……」

摩理の息が、徐々《じょじょ》に速まっていく。逆に、摩理の駆ける速度は急に遅《おそ》くなっていく。

「はっ、はっ、はっ……」

駆け足は、歩みへと変わり、うつむいたまま摩理は薄暗《うすぐら》い路地を進む。

「はぁっ！　はぁっ……！」

自分の呼吸する音がうるさかった。鳴りやまない心臓の鼓動が、うるさかった。

私……なにかをさがして……でも、なにを……？

胸をおさえる手にも、力が入らなくなっていた。

記憶《きおく》が、夢が、形を失っていく。一方で、言いようのない恐怖《きょうふ》と空虚《くうきょ》が摩理の胸を侵《おか》していく。

私は……なにかを見つけなきゃいけない……このままじゃ、私は何も残せない……！

顔が歪《ゆが》んだ。痛みと悲しみが、目を見開く摩理をじわじわと追いつめる。

――またそんなこと言ったら、怒《おこ》るわよ！

誰《だれ》かの声が、聞こえた。

しかし摩理は、それが誰の声であったか思い出せない。

大事な何かが、かけがえのない何かが、摩理からどんどん零《こぼ》れ落ちていく。

私は……このまま……消えたくない……。

とうとう、摩理の脚《あし》が完全に力を失った。がくり、と汚《よご》れた地面に両膝《りょうひざ》をつく。

「アリア・ヴァレィの槍型……もう力尽《つ》きる寸前なのか」

ふいに、声が聞こえた。

「……っ！」

考えるよりも、〝ハンター〟としての身体《からだ》が反応していた。跪《ひざまず》いた状態のまま、声に向かって槍を突《つ》き出す。

手応《てごた》えはあった。しかし――。

「よけいなことに力を使うな……」

目映《まばゆ》い大通りのネオンを背負っているせいで、声の主の姿はシルエットにしか見えなかった。

摩理の槍は、確実に〝それ〟を捉《とら》えていた。人の形をしたシルエットの腹だ。槍によって影《かげ》の脇腹《わきばら》がえぐり取られていた。

だが、摩理の眼前で、人型のシルエットが見る間に元の形を取り戻《もど》していた。

その光景を見て、消えかかっていた摩理の記憶が形を取り戻していく。

「〝不死〟の……虫憑《つ》き……」

ぽつり、と摩理は呟く。

「ほんとう……に……？」

シルエットは、何も答えない。

〝不死〟の虫憑き――そう、摩理はずっとそれを探し続けていた。

白衣の青年と出会い、虫憑きとなった。

病と〝虫〟……摩理を死へ追いやる二つの影に怯《おび》えながら過ごす日々だった。それ以上に、空虚へ追い込む退屈《たいくつ》の毎日があった。

「あなたは……死ぬことがないの……？」

槍が、摩理の腕《うで》からこぼれ落ちる。

しかし、そんな摩理の日々は、ある一人の少女によって一変した。

――また明日ね。

一之黒亜梨子。

彼女は摩理を受け入れ、毎日をともにしてくれた。はじめてできた友達、明日を約束してくれる少女だった。

亜梨子によって、一度は希望を手に入れた。生まれて初めての、生きる理由。亜梨子とともに歩む学校生活――。

生きたい。

摩理の夢に、もう少しで手が届くものと思っていた。

だが、それは幻想《げんそう》にすぎなかった。

「あなたは……天使の薬を飲んだの……？」

絶望と希望。

その二つの狭間《はざま》でもてあそばれた摩理の人生は、いったい何だったのだろう？

このまま消えてしまうなんて、あまりに切なくはないだろうか？

「〝魔法《まほう》の薬〟か……」

シルエットが、呟いた。声は、幼さの残る少年のもののようだった。だがその口調、その裏にある感情は、まるで嗄《か》れた老人の声に似ていた。

霞《かす》む視界の中、摩理を見下ろすシルエットは、絵本に描《えが》かれたパトリシアに見えた。天使の薬を飲み、永い命を手に入れたもう一人のパトリシアだ。

――病に伏《ふ》せるパトリシアのもとへ、魔法使いが訪《おとず》れました。

魔法使いは、言いました。

ここに天使からもらった薬と、悪魔からもらった薬がある。天使の薬を飲めば、大切な人を失う代わりにお前の病が治りいつまでも生きられる。悪魔の薬を飲めば、お前はそのまま息絶えるだろう。でも大切な人がいつまでもお前のそばにいて慰《なぐさ》めてくれる。さあ、お前はどちらを飲む？

パトリシアは、言いました。

わたしは悪魔の薬がほしい――。

「ねえ、教えて……死ないってどんな気持ちなの……？　生き続けられるあなたは、何を思うの？　私は……私は……」

命が燃え尽きようとしている今、摩理の中にあることが思い浮《う》かんでいた。

「私は……天使の薬が欲しい……」

それは、あまりに恐《おそ》ろしい想像。あまりに残酷《ざんこく》な方法。

「……夢の続きが……見たいの……」

だが死の運命から逃《のが》れられない摩理に残された、唯一《ゆいいつ》の方法でもあった。

摩理が生き続ける方法。

摩理にとっての天使は、他《ほか》ならぬ親友の少女、一之黒亜梨子。彼女に、命をもらう。

「だから、私は……亜梨子になる……」

モルフォチョウと同化し、銀色の模様が浮かんだ両手を見る。

摩理の夢を宿す、モルフォチョウ。

モルフォチョウに託《たく》された摩理の夢を亜梨子が受け継《つ》いでくれれば、あるいは——。

「あの子は優《やさ》しいから……きっと私のお願いも、聞いてくれるわ……」

両手が、震《ふる》えていた。弱々しい笑《え》みが、口許《くちもと》に浮かぶ。

「そう、たしかに私は天使の薬を飲んだのかもしれない……」

シルエットが呟《つぶや》いた。乾《かわ》いた、疲《つか》れ果てているようにも聞こえる小さな声だった。

〝不死〟の虫憑きに、必ず出会わなければならないと思った。

最初は、出会ったら罵《ののし》ってやるつもりだった。死の運命にとらえられた摩理という少女がいる一方で、死ぬことのない人間がいることがどうしても許せなかった。

摩理は顔を上げる。

だが今は、そんなことはどうでも良かった。

今夜、〝不死〟の虫憑きをさがしていたのは、摩理の迷いを断《た》ち切ってもらうため。死の恐《きょう》怖《ふ》と不安から逃れた人間ならば、摩理に答えを告げてくれるに違《ちが》いない——。

「きみの目の前にも、二つの薬があるのかもしれない……ならば私は、天使の薬を飲んだあとのきみに訊《き》こう」

シルエットの人物が、口調を変えた。はっきりと摩理に向かって問いかける。

「新たな命を得たきみの傍《かたわ》らには、誰《だれ》がいる？」

摩理は、目を見開いた。

頭の中が、真っ白に染まる。

――また明日ね！

親友の少女の笑顔が浮かんで、消えた。

何もなくなった頭に、閃光《せんこう》のように思い浮かんだ光景、それは――。

誰もいない、誰も訪れることのない小さな部屋に閉じこめられた、亜梨子と出会う前の自分の姿――。

「きみは……天使の皮をかぶった悪魔にだまされては、いけない」

その声は、すでに摩理の耳には届いていなかった。

震える両手が、ゆっくりと自らの顔を覆《おお》う。

ああ、そっか……。

自分の思い違いに、ようやく気がつく。

「私は大切なものを……間違えて……」

かすれる声で呟く。

両脚《りょうあし》に、ほんの少しだけ力がわいた。それは紛《まぎ》れもない、残りの命を燃やし尽くした最期《さいご》の力だった。

「……行かなきゃ……」

立ち上がり、歩き出す。

――また明日ね！

亜梨子が、そう言ったのだ。

摩理は大切な親友との約束を、守らなければならない。

歩き出す摩理を、シルエットの人物は止めなかった。

パトリシアは、言いました。

わたしは悪魔《あくま》の薬がほしい――。

「私は……」

摩理の呟きは、薄暗《うすぐら》い路地に溶《と》けて消える。

6

赤牧市の中央。

高級住宅街の一角に、朝日が差し込んだ。

たんっ、とある一軒家《いっけんや》の屋根の上に、銀色の影《かげ》が舞《ま》い降りた。

「はっ……はっ……」

荒《あら》い息づかいが、鳥のさえずりに混じる。

モルフォチョウと同化した摩理は、青ざめた顔で眼下を見下ろす。

彼女の視線の先には、他《ほか》の建物の中でも際《きわ》だっておおきな屋敷《やしき》があった。

「はっ……はっ……」

微笑《びしょう》を浮《う》かべ、摩理はそのまま屋根の上に座り込む。

だが、そこには先客がいた。

ここも、あなたのお家《うち》なの？　ちょっとだけお邪魔《じゃま》させてね――。

そう言おうと、口を動かした。だが声は出なかった。口から漏《も》れるのは、息を吸っては吐《は》く荒い息づかいだけだった。

摩理に向かって総毛立たせていたのは、鉤《かぎ》になった尻尾《しっぽ》が特徴《とくちょう》の黒猫《くろねこ》だった。その外見と摩理に対する敵意で、これまで何度となく出会った黒猫だと分かる。

「はっ……はっ……」

息は静まるどころか、次第《しだい》に間隔《かんかく》を早めていった。同時に心臓の鼓動《こどう》が、うるさいほど耳に伝わる。

お願い、もうちょっとだけ……。

胸をおさえ、歯を食いしばる。

あと、ほんの少しだけでいいから……。

摩理の体から、モルフォチョウが分離《ぶんり》する。マフラーが落ち、素顔《すがお》が露《あらわ》になった摩理の肩《かた》に銀色の蝶々《ちょうちょう》がとまる。

ねえ、亜梨子。聞いてくれる……？

声を出すことは、もう諦《あきら》めた。だから心の中で、呟《つぶや》く。

私の夢。私のお願い……。

速まる呼吸とは逆に、心は静かだった。

摩理の脳裏《のうり》に、過去の記憶《きおく》が次々と蘇《よみがえ》る。

病を負い、小さな部屋に閉じこめられた。

誰もいない、誰も訪《おとず》れることのない空虚《くうきょ》な空間。摩理は病よりも先に、孤独《こどく》で心を削《けず》られる日々だった。

〝先生〟と出会った。

私は……生きたい――。

摩理の夢を、〝先生〟は聞き届けた。摩理は虫憑《つ》きになった。

〝先生〟は摩理のもとを訪れてくれたけれど、摩理の心に棲《す》みついた孤独は決して消えることはなかった。

命を削られていく日々に苛立《いらだ》ち、〝ハンター〟としての摩理が生まれた。

自分の分身を作るかのように、毎晩のように他人の夢を奪《うば》っていった。〝不死〟の虫憑きを探し出すという目的があったが、今思うとそれはリナという少女の言った通りだ。たんに八つ当たりをしていただけだったのだろう。自分のしていたことに気づいて、恐怖《きょうふ》に身が竦《すく》んだ。

そして――一之黒亜梨子と出会った。

両膝《りょうひざ》を抱《かか》えた摩理に、微笑が浮かんだ。

亜梨子と交《か》わした会話は、すべておぼえている。どんなことを話して、どんな話で笑い合ったか。毎晩ベッドの中で繰《く》り返しては、次の日を待った。

運命の終わりを知り、再び摩理を絶望が押しつぶした。

迷い、苛立ち、過去の自分に戻《もど》りそうになった。

「……」

摩理の息が、落ち着いていく。表情もまた、穏《おだ》やかな微笑が浮かんだ。

とくん、とくん、と心臓の音が小さくなっていく。

静かに眼下を見下ろす摩理には、恐怖も不安もなかった。

ようやく見つけ出したのだ。

ずっと思い描《えが》いていた疑問に対する、自分自身の答えを。

絶望に落ちるたびに、耳元で囁《ささや》かれた魔法使《まほうつか》いの言葉。

――さあ、お前はどちらを飲む？

いま、摩理ははっきりと答える。

私はね、亜梨子――。

にっこりと摩理は満面の笑《え》みを浮《う》かべた。

見下ろす摩理の視線の先、屋敷の門が開いた。中から、あわただしく一人の少女が飛び出してくる。その手には、いつもの配色もなにもない花束が握《にぎ》られていた。また水差しに生けるつもりだろうか？

溶《と》けていく。

摩理の命も。夢の続きさえも。

朝日の中を少女が走る光景の中に、ゆっくりと溶け込んでいく。

「こんにちは、亜梨子」

摩理は、自らの夢を込め、願いを込め、言った。

「また明日ね」

銀色のモルフォチョウが、空高く舞《ま》い上がった——。

黒猫が、小さく啼《な》いた。

足音もなく摩理に近づき、力なくたれ下がった白い手を優《やさ》しく嘗《な》める。

ピクン、と黒猫が耳を跳《は》ね上げた。

軽い身のこなしで、摩理から離《はな》れる。

「……」

笑みを浮かべた表情でまぶた閉じた摩理を、見下ろす人物がいた。

白衣に身を包んだ、長身の青年だ。

乾《かわ》いた屋根に、一滴《ひとしずく》だけ水滴《すいてき》が落ちた。

青年の力強い両腕《りょううで》が、摩理の体を抱《だ》き上げた——。

7

銀色の光が、窓から入り込む。

誰《だれ》が窓を開けたのだろう。

きちんと整頓《せいとん》されたまま残る個室に、冷たい風が吹《ふ》き込んでいた。

後ろ手にドアを閉じ、一之黒亜梨子は部屋に入った。

赤牧市内にある総合病院。

その入院施設《しせつ》内でも、この部屋は特別だと一目で分かる。高級そうなベッドを中心に本棚《ほんだな》やテーブルがあり、外線用の電話まで備わっていた。

「こんにちは、摩理」

亜梨子はベッドに近づく。

いつの間に部屋に入り込んだのか、亜梨子の頭上で一匹《ぴき》の蝶々が舞っていた。銀色に輝《かがや》く翅《はね》をもつモルフォチョウだ。

そこには、誰もいない。

——摩理がこの世を去って、ちょうど一年が経過していた。

「花、生けておくわね」

洗面台に置かれた水差しに、一輪の花を生ける。

笑顔を浮かべようとしたが、うまくいかない。

それが花瓶《かびん》ではないことは、同居中の少年——薬屋大助にからかわれたことで、はじめて知った。

一年前の今日、亜梨子は今のように花を持ってこの病室を訪れた。

——こんにちは！

いつものように笑顔で訪れた亜梨子を迎《むか》えたのは、しかし無言になった摩理だった。

凍《こお》りつく亜梨子に、主治医が摩理が人知れず息をひきとったことを告げた——。

無人のベッドを見下ろす亜梨子は、喪服《もふく》に身を包んでいる。

花城家で行われた一年忌《き》は、非常に静かなものだった。親族の他に、摩理と同年代の弔問客《ちょうもんきゃく》は亜梨子しかいなかったように思えた。

「摩理……」

握りしめた亜梨子の拳《こぶし》には、一枚のバンソウコウが貼《は》ってある。先日、地下街で成虫化しようとした〝虫〟との戦いによって刻まれた傷だった。

私は、今でも摩理の本当の想《おも》いを知るために、戦ってるわ――。

心の中で呟《つぶや》く。かわりに口から出たのは、親友に対する疑問だった。摩理がいた名残《なごり》を示すものは、本棚に並ぶ大量の本だけだ。それらは家族の希望もあり、そのままこの病室の備品になっていた。

「どうして……私に何も言ってくれなかったの……？」

背後で、人の気配が生まれた。

「用が済んだなら、行くぞ」

振《ふ》り返るまでもない。その声の主は、亜梨子がよく知っている薬屋大助だった。亜梨子とともに戦っている虫憑《つ》きの少年。

「でも、大丈夫《だいじょうぶ》。必ず、見つけ出してみせるから。摩理の、本当の願いを……」

呟き、振り返った亜梨子の顔には、笑みが浮かんでいた。

摩理が何を想い、亜梨子にモルフォチョウを託《たく》したのか。

必ず、見つけ出す。

摩理の、本当の夢を――。

「ちょっとくらい待てないの？　気の短い男はキラわれるわよ」

「自分のキャラに似合いもしない感傷にひたる女のほうが――」

「亜梨子アッパー！」

ガツッ、という鈍《にぶ》い音を最後に、誰もいない個室の扉《とびら》が閉じる。
窓から吹き込んだ風に、本棚の端《はし》で倒《たお》れた一冊の絵本——〝魔《ま》法《ほう》の薬〟と題された表紙が揺《ゆ》れた。

to be continued

あとがき

ちょっと前に友人たちとお台場に遊びに行きました。

呑《の》んで食べて、ゲームで遊んで観覧車に乗って……。

つい二、三年前、学生時代には当たり前だった風景です。

深夜になって映画を観《み》ようという輪から抜け出した男性陣《じん》三人で、温泉に行こうという話になって。タクシー拾って近場の温泉に行ったわけですが。

行ってみたら、すでに閉まった後。呆然《ぼうぜん》として振《ふ》り返った先には、去っていくタクシーと無人の駐車場《ちゆうしゃ》。

残してきた仲間と合流すべく、しかたなく歩いて映画館に戻る三人。しばらく歩いているうちに、遠くの空が白んできて……。

なんだか青春時代を思い出しました。

僕もまだけっこう若いなぁと。

二時間後。

映画館のベンチに倒《たお》れ込んで、仮死状態になっている自分がいました。ちょっと歩いただけで、酸素不足で頭が真っ白になって……。

なんだか現実を思い出しました。

……もう、年だなぁ……。


こんにちは、岩井恭平です。

作者の私生活の話ばかりでも涙《なみだ》の味しか共有できないと思うので、本巻について少しばかり説明と補足を。


本作『ムシウタ bug』シリーズは、雑誌『ザ・スニーカー』に連載《れんさい》されている同名シリーズをまとめた短編集という形になります。第四話は書き下ろしで、連載とは少し異なる視点で描《えが》かれています。

舞台《ぶたい》設定に関しては、本編となるストーリー『ムシウタ』より二年ほど前に起こった出来事ということになります。本編で登場するキャラクターもちらほらと出てきていると思います。過去の事件ということで性格、容姿は多少異なるかもしれませんが。

このbugシリーズもいずれは収束、リセットする形で、本編のスタート時の状態へ取り込まれる形となるわけですが、「物語を理解したいなら両方買え！」というつもりはありません。

本編も、bugシリーズも、できうるかぎり作中に出てきた謎《なぞ》は、互いの作中で解決していきたいなと思います。それぞれ楽しんでもらえるように。

でもナノ単位の気持ちとしては、やっぱり本編も読んでもらえると嬉《うれ》しいです（笑）。過去と現在、そして未来の話ですが、それぞれが繋《つな》がって並走《へいそう》している楽しみを味わってもらえると幸いです。

連載を開始するにあたって、サポート体制も強化されました。これまで担当の女井さんにお世話になっておりましたが、さらに山口さんという強力な援軍《えんぐん》にも原稿《げんこう》に目を通していただけるようになりました。まさに挟《はさ》み撃《う》ちの形……鬼《おに》に金棒（言い直し）の体制で、いたらぬ作者を助けていただいております。ありがとうございます。

イラストを描《か》いていただいているるろおさんにも、あいかわらずお世話になりまくっております。何度だって言います。……いつも原稿遅《おく》らせてゴメンナサイ……。

本作を読んでいただいた読者の皆様《みなさま》に、お礼を申し上げます。弱っている時にお手紙が届くたびに、初心を思い出させていただいております。がんばります。

次巻、もしくは別の形でお会いしましょう。

岩井恭平

●初出一覧

01．夢回す銀槍……「ザ・スニーカー」二〇〇四年二月号
02．夢紡ぐ夜歌……「ザ・スニーカー」二〇〇四年四月号
03．夢沈む休日……「ザ・スニーカー」二〇〇四年六月号
04．夢託す狩人……書き下ろし

ムシウタ bug《バグ》

1st.《ファースト》夢《ゆめ》回《まわ》す銀《ぎん》槍《そう》

岩《いわ》井《い》恭《きょう》平《へい》

角川文庫 13442

平成十六年八月一日　初版発行

発行者——井上伸一郎
発行所——株式会社角川書店
東京都千代田区富士見二—十三—三
電話　編集(〇三)三二三八—八六九四
　　　営業(〇三)三二三八—八五二一
〒一〇二—八一七七
振替〇〇一三〇—九—一九五二〇八

印刷所——旭印刷　製本所——コオトブックライン
装幀者——杉浦康平

S 163-51　ISBN4-04-428806-2　C0193

角川文庫発刊に際して

角川源義

第二次世界大戦の敗北は、軍事力の敗北であった以上に、私たちの若い文化力の敗退であった。私たちの文化が戦争に対して如何に無力であり、単なるあだ花に過ぎなかったかを、私たちは身を以て体験し痛感した。西洋近代文化の摂取にとって、明治以後八十年の歳月は決して短かすぎたとは言えない。にもかかわらず、近代文化の伝統を確立し、自由な批判と柔軟な良識に富む文化層として自らを形成することに私たちは失敗して来た。そしてこれは、各層への文化の普及滲透を任務とする出版人の責任でもあった。

一九四五年以来、私たちは再び振出しに戻り、第一歩から踏み出すことを余儀なくされた。これは大きな不幸ではあるが、反面、これまでの混沌・未熟・歪曲の中にあった我が国の文化に秩序と確たる基礎を齎らすためには絶好の機会でもある。角川書店は、このような祖国の文化的危機にあたり、微力をも顧みず再建の礎石たるべき抱負と決意とをもって出発したが、ここに創立以来の念願を果すべく角川文庫を発刊する。これまで刊行されたあらゆる全集叢書文庫類の長所と短所とを検討し、古今東西の不朽の典籍を、良心的編集のもとに、廉価に、そして書架にふさわしい美本として、多くのひとびとに提供しようとする。しかし私たちは徒らに百科全書的な知識のジレッタントを作ることを目的とせず、あくまで祖国の文化に秩序と再建への道を示し、この文庫を角川書店の栄ある事業として、今後永久に継続発展せしめ、学芸と教養との殿堂として大成せんことを期したい。多くの読書子の愛情ある忠言と支持とによって、この希望と抱負とを完遂せしめられんことを願う。

一九四九年五月三日